ro
ro
ro

Lucy Fricke, 1974 in Hamburg geboren, hat lange als Script/Continuity gearbeitet, bevor sie am Deutschen Literaturinstitut Leipzig studierte. 2005 gewann sie den Berliner «Open Mike»; zwei Jahre später erschien ihr Romandebüt «Durst ist schlimmer als Heimweh». Seit 2010 veranstaltet sie «HAM.LIT», das erste Hamburger Festival für junge Literatur und Musik. Für ihre Arbeiten erhielt sie unter anderem das Autorenstipendium des Berliner Senats sowie das Heinrich-Heine-Stipendium. Lucy Fricke lebt in Berlin. «Ich habe Freunde mitgebracht» ist ihr zweiter Roman.

«Lucy Fricke durchsiebt die Seelen, dass es einem beinahe unheimlich wird. Ihre Sprache ist schlicht und doch kunstvoll, ihre Beobachtungsgabe verblüffend … ein wunderbar lakonischer Roman.»
(Hamburger Abendblatt)

«Mit ihrer burschikosen Art und der Hin- und Einfühlungsgabe für die Scheiternden ist Lucy Fricke eine Ausnahmeerscheinung im deutschen Literaturbetrieb … Ein ähnliches Herz für Verlierer hat vielleicht noch Karen Duve.» (Welt am Sonntag)

«Ein hinreißender Roman über die Freundschaft und das Leben, das eben manchmal anderes will als man selbst.» (Annabelle)

«Mit Sarkasmus, Tempo und Poesie erzählt – Lucy Frickes kleinem Buch über den Misserfolg ist ein großer Erfolg zu wünschen.» (Basler Zeitung)

Lucy Fricke

Ich habe Freunde mitgebracht

Roman

Rowohlt Taschenbuch Verlag

Die Autorin dankt dem Künstlerhaus Lukas,
der Stiftung Preußische Seehandlung und der
Stiftung Künstlerdorf Schöppingen für die Unterstützung
der Arbeit an diesem Buch.

Veröffentlicht im Rowohlt Taschenbuch Verlag,
Reinbek bei Hamburg, April 2012

Umschlaggestaltung any.way, Cathrin Günther,
nach einem Entwurf von
ANZINGER | WÜSCHNER | RASP, München
(Abbildung: © plainpicture / AWL)
Satz aus der Haarlemmer PostScript
bei hanseatenSatz-bremen, Bremen
Druck und Bindung Druckerei C. H. Beck, Nördlingen
Printed in Germany
ISBN 978 3 499 25805 3

für D.

«Wir müssten gleich da sein», hörte sie Jon sagen, der seit Stunden nicht gesprochen, sich nur blutverschmiert auf der Rückbank gewunden hatte. Der Wagen fuhr die Landstraßen entlang, die geradesten Straßen, die Martha je gesehen hatte, flach und endlos. Nachdem das Land aufgehört hatte, schien es immer noch weiterzugehen. Es war der letzte Zipfel der Nation, ein schmaler Streifen, bestehend aus Wiesen und Dünen und dazwischen eine Straße, Reetdachdörfer, Fischland-Darß. Fischland, dachte Martha, nicht Fisch, nicht Land und auch keine Insel mehr.

Neben Jon saß Henning, beide angeblich schwer verwundet, Betty schlafend auf dem Beifahrersitz. Es war, als schlafe Betty seit Wochen, als habe sie sich für den Schlaf als beste Option entschieden. Am Telefon hatte sie nur geflüstert. Alles, was sie sagte, hatte einen Klang von Trägheit und Vorsicht gehabt, als wolle sie sich selbst nicht wecken. Wie immer war es von besonderer Schwere, einen Menschen zu vermissen, der direkt neben einem saß.

Martha konzentrierte sich auf die Fahrbahn, drückte die Arme durch und kniff die Augen zusammen. Es war nicht mehr weit.

Wege zum Rum

Essen hätte sie sollen, das wäre eine kluge Entscheidung gewesen, doch Betty füllte nur den Becher voll und ließ den Rum die Kehle runterrauschen. Sie trank eigentlich nie Rum, wusste nicht, wie diese Flasche in ihre Küche gelangt war, machte sich darüber nicht allzu viele Gedanken. Noch einen Schluck. Die Musik lauter drehen. Machen Sie sich eine Markierung bei der 8, hatte ihr Nachbar gesagt, als er sich das letzte Mal beschwerte, dann wissen Sie auch in besoffenem Zustand, wie laut Ihre Musik ist. Eine halbe Stunde war er damals zwischen seiner und ihrer Wohnung hin- und hergelaufen, hatte schließlich die 8 als seine Toleranzgrenze festgelegt, bei stark basslastiger Musik auf 7 runterkorrigiert. Widerlicher, kleiner Drecksack, dachte sie, wie er mit seinem fleischigen Buckel die Treppen hochhüpft, immer scheißfröhlich, pfeift sogar beim Brötchenholen, fährt Fahrrad mit Sportlenker und Helm, keine 25 und hängt schon am Leben, und diesen Buckel, den gönnte sie ihm so richtig. Die langbeinige 19-Jährige, die er sich hielt, war dumm wie Stroh und extrem laut, die solle sich mal eine Markierung einbauen, hatte sie ihm damals noch hinterhergebrüllt.

Betty zog einen dicken Pullover über, kochte Kakao, gab einen Schuss Rum in den Becher, einen ordentlichen

Schuss, fegte die Splitter von der Fensterbank, bevor sie sich setzte und auf den Platz hinausblickte. Ein Taxi ohne Licht rollte vorbei, Schrittgeschwindigkeit, der Spielplatz war nass und dunkel, die Markise der Eisdiele seit Monaten eingerollt, vor der Pizzeria verrottende Plastiktische, hinter dreckigen Scheiben die Hoffnung auf Frühling und Umsatz, nur der Spätkauf florierte und die Videothek nebenan. Die Kirche lud zum Orgelkonzert, doch außer den Freunden des Organisten schien niemand zu kommen, und Freunde hatte ein Organist hier nur wenige.

Er hatte gekocht, Henning hatte genau genommen fünf Gänge vorbereitet, man hätte sagen können, die Pflaumen in Speck zählten nicht als Gang, allenfalls ein Gruß aus der Küche, aber der Steinbutt, das Rinderfilet, das Walnussparfait, die Käseauswahl, das waren Gänge, auf jeden Fall. Er hatte alles vorbereitet, Champagner mit den Pflaumen, einen Grauburgunder zum Fisch, einen Bordeaux zum Fleisch, der Dessertwein, alles war da, nur die Frau kam nicht, sie rief nicht einmal an. Er hatte alles überprüft, ihr Zug war um 18:45 angekommen, Ostbahnhof, das waren fünf Minuten mit dem Taxi, zehn mit dem Bus, fünfundzwanzig zu Fuß, aber jetzt war es fast 20 Uhr und der Fisch ausgetrocknet.

Von Anfang an hatte er nicht verstanden, was das sollte. Warschau, hatte Martha letzte Woche plötzlich gesagt, ich fahre nach Warschau, wieso, hatte er gefragt, was zum Teufel, und mal raus, hatte sie geantwortet, und Polen, noch nie war ich in Polen, da muss man doch mal hin, Polen fängt ja gleich hinter der Grenze an, und: viel schöner als sein Ruf, und überhaupt, ich muss einfach mal raus, du weißt schon.

Ja, er wusste schon, seit Jahren wusste er schon, Martha musste raus, und an diesem Satz blieb er hängen, jetzt, da sie offensichtlich den Zug zurück nicht genommen hatte, verpasst war ausgeschlossen, sie verpasste nie irgendetwas, erreichte alles immer in letzter Sekunde. Das führte dazu, dass sie ständig am Herumrennen war, selbst wenn sie saß. Martha kam nirgends an, auf jeden Fall nicht bei ihm, er war allenfalls die Station, an der sie sich ausruhte.

«Du bist die beste Ehefrau der Welt», hatte sie neulich zu ihm gesagt und dabei gelächelt, als habe sie ihm gerade einen Antrag gemacht. Hatte sie nur leider nicht, und die Zeit der Fehlinterpretationen und Missverständnisse lag hinter ihnen, die hatten sie alle überstanden. Fast zehn Jahre jetzt, das machte neun missglückte Versuche, ihn zu verlassen, jedes Jahr im Sommer, Frühsommer genauer gesagt, um exakt zu sein: in der zweiten Juniwoche, meistens an einem Freitag. Das war bequem, da konnten sie beide zu Freunden aufs Land fahren, zu verschiedenen, versteht sich. Es gab nur noch wenige Freundschaften, die sie nicht gemeinsam pflegten, doch besonders an diesen hielten sie fest. Ein wenig hatte das mit der Gegend zu tun, mehr noch aber lag es daran, dass diese Landfreundschaften in äußerst garstigen Beziehungen lebten, da draußen in der Provinz, mit zwei ebenso garstigen Kindern unter den Apfelbäumen im Garten. Es gab in einer Krise absolut nichts Besseres, als Freunde zu besuchen, denen es richtig mies ging.

Schon jetzt stellte sich bei Henning eine Vorfreude auf das zweite Juniwochenende ein. Dann sah er wieder auf den Fisch, das Filet, das Parfait, öffnete den Champagner, schenkte sich ein, trank das Glas leer und sagte leise: «Verdammt, Martha. Es ist März.»

Es war bereits dunkel, als sie in Krakau aus dem Zug stieg. Sie war über Warschau gekommen, war dort geblieben eine Nacht, Zimmer mit Häkeldecke und harten Frotteetüchern, in einer Pension auf der falschen Seite des Bahnhofs, hatte sich in den Straßen herumgetrieben, in jeder vierten Bar ein Glas Wasser getrunken, in den anderen Wodka auf Eis. Der folgende Schlaf war der beste seit Monaten, Einzelbett und Wolldecke, das Kissen steif wie der Nacken am Morgen. Kaffee schwarz, Brot trocken, für die Fahrt einen Apfelkuchen, den berühmten, und das Rauschen der Landschaft, langsam, ganz langsam. Sie konnte die sauber aufgehängten Unterhosen in den anliegenden Gärten zählen, saß allein in einem Abteil, alle anderen leer, dieser Zug fuhr nur für sie. Vor dem Fenster Felder, verfallene Höfe, Frauen in Kitteln, Bahnhöfe in Grau, Tauben, Taubendreck, Tauben tot, Zigarettenstummel halb geraucht auf Bahnsteigen liegend, jeder Kiosk geschlossen, jedes Licht gebrochen, Glasdächer gelb bis braun, von irgendwoher Romantik, vielleicht aus Richtung der Erwartungen. Tak, tak, tak hieß Ja und klopfte durch alle Orte hier, nur die Türen gingen nicht auf. Die Sprache ein zischender Teppich, rau, mit ungekämmten Fransen an den Enden. Martha schüttelte ihren Kopf und hörte nichts, da bewegte sich nichts, leer gefegt und aussortiert. Nur dafür reiste sie, an Orte, die ihr zunehmend gleichgültig wurden und sie sich gleich mit. Yoga wäre billiger, hatte Henning einmal zu ihr gesagt, der von ihren Reisen wenig verstand und von dieser rein gar nichts.

Am frühen Abend hatte er angerufen und Betty es nicht mehr hören können: Wenn die Kinder nicht wären, die Eigentumswohnung nicht gerade erst angezahlt, die Schwiegermutter nicht im Sterben liege, der Urlaub nicht längst gebucht und nächste Woche auch noch der Vierzigste seiner Frau, wenn sie nicht gerade den Kuchen gebacken hätten, den Fischfond angesetzt, den Braten eingelegt, wenn das *Zeit*-Abo nicht verlängert worden wäre und die Flatrate gebucht, dann könnte alles ganz anders und auch so richtig schön, dann könnten sie die ganze Welt, könnten so richtig glücklich sein, mit allem Drum und Dran, könnten es krachen lassen, da bliebe kein Auge trocken, ganz sicher nicht. Herr M. hatte geredet und geredet und Betty das Telefon durch das Fenster geworfen, hauchdünnes Glas, im Winter fuhr der Wind durch die Rahmen, alles porös, alles defekt, Altbau mit Charme hatte damals in der Anzeige gestanden.

Sie würde einen Glaser anrufen müssen, gleich morgen früh, diese ganze Affäre kam sie teuer zu stehen. Vor zwei Wochen erst hatte sie nach einem Telefonat mit ihm, in einem ungekannten Wutrausch, ihre Matratze zerschnitten, seitdem schlief sie auf der alten Isomatte, was in ihrem Alter sofort die Bandscheibe aufmerken ließ. Er hatte ihr nichts versprochen, da musste sie sich verhört haben, sie hörte ständig Sätze, die niemand sagte, von denen sie nur wollte, dass sie endlich einmal jemand meinte, und wäre es nach ihr gegangen, hätte das jetzt ruhig Herr M. sein können.

Tut alles gar nicht weh, dachte sie, ist den ganzen Kummer nicht wert, jenseits der dreißig hat es sich dann auch mal, hab eh nicht dran geglaubt, Projektion alles, alles nur in meinem Kopf, der einzig reale Schmerz saß in den Knien, mit vierzig gehen Sie am Stock, hatte der Ergotherapeut gesagt, und: Mir doch egal, hatte sie geantwortet, mit vierzig will ich sowieso nur noch sitzen. Gibt ja auch schicke Gehwagen heutzutage, kann man die Alditüten so hübsch dran baumeln lassen.

Es begann sie anzuöden, diese ewige Wiederholung, selbst die Namen wiederholten sich schon, Thomas, Christoph, Stefan, Tom, Christian, Thomas. Sie könnte den Kulturkreis wechseln, mal woanders scheitern, wäre vielleicht hübscher dort. Trotzdem wünschte sie sich nur selten, es wäre alles anders gekommen, quasi erste Liebe geheiratet, Kinder, Haus, Garten, Vollprofi in Sachen Schokoladenkuchen, Pflanzenzucht, Grillpartys, perfekt kontrolliertes Glück. Sie hatte sich nie festlegen wollen, hatte immer gedacht, alles würde besser, immer nur noch besser, höher, schneller, weiter eben, hatte ja auch alles gut angefangen, steile Karriere, wenn man so sagen will, die Jobs konnte sie sich aussuchen, die Gagen stiegen. Sie hatte nicht wissen können, dass der vielbeschworene Zenit erreicht war, dass es von nun an bergab gehen würde, das hatte keiner geglaubt. Und was sollte sie schon machen, außer immer weiter.

Martha knöpfte ihren Mantel zu, zog die Strümpfe hoch und ging los, über den Ring, durch das Stadttor hindurch, direkt auf den Marktplatz. Es gab nur wenige Rituale in ihrem Leben, aber dieses war eins davon: das erste Getränk immer am Markt. Ein Grund, warum es sie ausschließlich in alteuropäische Städte zog. Hufgeklapper, digitale Kameras, Straßenbahn funkenschlagend zum Bahnhof, das Bier sechs Zloty, Kurs 1:3,85 – machte 1 Euro 56. Der Rausch in Krakau gehörte zu den billigsten in Europa, der Marktplatz zu den schönsten. Nach dem Bierglas gegriffen, fahler Geschmack im Mund, eine Packung Zigaretten fünf Zloty, die trockneten den Gaumen aus, schmeckten nach Sozialismus und Niedergang. Aber die Kirchen, hieß es, schau dir die Kirchen an. Schlangen vor den Beichtstühlen, wie zu Hause am Ersten vor den Geldautomaten. Diskretionsabstand.

Was hätte sie zu flüstern, Woche für Woche. Sie dachte nach und fand nicht viel. Mal mit Wetter und Verkehr geknutscht, vielleicht auch zweimal, die Flasche Wein im Feinkostladen mitgehen lassen, weil auch der teuerste Wein sein Geld nie wert war, die albernen Tempolimits, die roten Ampeln, die für sie nicht mehr waren als ein Vorschlag, Bettys Nachbarn den Kasten Bier vor der Tür weggeklaut, im Urlaub eine Katze überfahren, vielleicht auch mal gelogen, sicher gelogen, und noch viel mehr verschwiegen. Die Sünden, die immergleichen, seit Jahren schon, abgenutzt, verjährt, nicht länger schuldig. Sie sollte etwas ändern, eine Zeit für neue Sünden ausrufen, für ausufernde, mutige, schamlose. Ob sie hier auf Deutsch beichten dürfte, war die Frage. Was fängt einer an mit einer Beichte, die er nicht versteht.

Auf Empfehlung der Bedienung bestellte Martha einen frischen Apfelkuchen mit warmer Himbeersauce, den sie nach anfänglicher Skepsis zum Inbegriff von Glück erklärte. Zumindest in glücklichen Nächten müsste Apfelkuchen mit Himbeersauce das Absolute sein, das nicht zu Übertreffende, der Gipfel einer glücklichen Nacht gewissermaßen. In unglücklichen Nächten hingegen konnte so ein Kuchen die Distanz zum möglichen, aber dennoch nicht empfindbaren Glück dramatisch vergrößern.

So kam es, dass winzige Salzmengen auf ihren Kuchen tropften und sie ein zweites Stück bestellte. Alle paar Minuten kroch eine Träne über ihre Wange, stets nur über die linke, sie konnte nur mit einem Auge weinen, das hatte mit dem ersten Liebeskummer begonnen, seitdem war sie eine Linksheulerin. Ihr rechtes hingegen war ein trockenes Auge, wie Martha sagte: ein ausgetrocknetes, in das sie mehrmals täglich tropfen musste, um halbwegs klar zu sehen. Jetzt allerdings sah sie gar nichts klar, sie wusste kaum, wo sie war, und noch weniger, was sie hier wollte. Es war nicht mehr als eine Ahnung, ein fremdes Gefühl in ihr, als wäre da etwas, was sich nicht abschütteln ließ, das den ganzen Weg hierher mitgekommen war und über das sie weder reden wollte noch konnte. Der Mensch braucht Geheimnisse und Frauen erst recht.

Ihr Körper wurde schwer von Stille. Eine ausgeprägte, tiefe Stille konnte ein ziemliches Gewicht haben, wobei auch das, wie so vieles, vom Wetter abhing: Eine winterliche Stille hatte das Gewicht von zirka drei Fässern Bordeaux, eine sommerliche Stille hingegen wog in etwa so viel wie ein Gin Fizz in einem Plastikbecher.

Zwölf, dreizehn, vierzehn, die Lautstärke gegen den ganzen Zirkus im Kopf, sie wollte sich selbst nicht mehr hören, das ewige Hätte-würde-könnte, öffnete das zerbrochene Fenster, sah zur Pizzeria hinüber, wo Heinz in seinen Laden lief und die Soulmusik lauter drehte. Betty an ihrer Anlage, fünfzehn, sechzehn, siebzehn, er an seiner, und sie wusste, dass sie dieses Spiel verlieren würde, spielte trotzdem mit, bis er schließlich unter ihrem Balkon stand und eine Flasche Whiskey hochhielt.

«Komm endlich runter!», brüllte er. «Ich bin blau wie ’n Ochse, und du hast nicht die geringste Chance!»

Heinz war in keiner guten Phase, seitdem sein Bäcker, der ohne jeden Zweifel den besten Pizzateig der Stadt gebacken hatte, das Handtuch geworfen, das Messer gezückt und mitsamt dem Rezept und Heinz’ Frau die Autobahn zurück in die Drecksstadt Neapel genommen hatte.

Betty tauschte den Pullover von Herrn M. gegen ein Thomas-Stefan-Tom-Hemd aus, businessblau und weiße Knöpfe, frei von jeder Erinnerung, und zog sich ihre Thermojacke über.

Heinz stellte ihr einen Tisch raus, ohne Decke, dafür mit Kerze, und das Glas war bis an den Rand gefüllt. «So», sagte er und weiter nichts. Sie waren beide keine großen Redner und schätzten das. Er setzte sich zu ihr, das Anstoßen der Gläser, Anbieten der Zigaretten, und: «Echte Scheißmusik, die du hörst», sagte Heinz, und beide nickten. Sie meinte: «Nur an schlechten Tagen.» Und er: «Ach du Scheiße.»

Heinz war nicht klug, Heinz war Wirt. Einer der besten. In dieser fast gänzlich wortlosen Nacht, in der nicht eine einzige von seinen Soulscheiben ungehört blieb, berechnete er jedes Glas. «Ist alles EK», sagte er noch, «alles EK, nur für dich. Kunden wie du», sie nickte nur und half ihm die Rollläden runterzulassen.

Müde steckte sich Jon die Pfeife an, trank ein Glas Tee und sah hinaus auf den Platz. Stille, Himmel schwarz, weder Autos noch Menschen, nur auf der anderen Seite, aus Richtung der Pizzeria, ein kleines torkelndes oder humpelndes Etwas, so genau konnte er das ohne seine Linsen nicht erkennen. Er rieb sich die Augen, hatte den gesamten gestrigen Tag geübt, war am Kanal entlanggejoggt, hatte sich eingeredet, dass er das wirklich öfter tun sollte, sich auf die Schulter geklopft, irgendjemand musste das schließlich tun, und laut zu sich gesagt: «Das wird schon, Jon, das wird groß. Das wird ganz groß.» Er hatte das Vorsprechen vorgesprochen, hatte begutachtende Körper aus Decken und Kissen geformt und sie auf sein Sofa gesetzt.

Jon war nicht nervös, Jon war professionell. Er war so professionell, dass er am Abend bereits um elf Uhr ins Bett gegangen war, wo er schließlich die Stunden im Halbschlaf verbrachte, von Albträumen geplagt und ständig auf der Flucht. Ihm blieben nur noch zwei Tage, und sein letztes Casting war Monate, wenn nicht Jahre her. Er war eindeutig ein Schauspieler der Kategorie C, das hieß 300 bis 500 Euro am Tag, hieß auch: selten mehr als zwei bis drei Drehtage im Monat, und das auch nur im Sommer. Meist spielte er die Leiche und vermied es, sich darüber Gedanken zu machen. Außerdem war die Leiche keine einfache Rolle, keine einzige Bewegung, kein Zucken in den Augenlidern, kein Atmen, nichts. Auch die Regieanweisung: Bitte sterben Sie jetzt! war nicht zu unterschätzen. Dennoch: Jon kannte keinen einzigen Schauspieler, der es als Leiche geschafft hätte, keinen einzigen. Manche haben es als Geist geschafft, als Untote, aber als Leiche niemand.

Für einen Moment dachte er daran, seine Mutter anzurufen, wie er verdammt oft daran dachte in den letzten Monaten und doch über die ersten drei Ziffern nie hinauskam. Schließlich entschied er sich, keinem Menschen, einschließlich seiner selbst, Hoffnungen zu machen.

Er ließ sich ein Bad ein und trank ein warmes Bier, Viertel vor fünf war keine Zeit, so viel Tag war eine Zumutung.

An Hennings Händen hing ein Rest von Eiern und Mehl, kleine, krustige Stücke fielen in sein Glas, als er so dastand, vor dem Ofen, und dem Kuchen beim Werden zusah. Er hatte ihn zur Beruhigung gebacken, an Schlaf war nicht zu denken gewesen diese Nacht, obwohl ihn das jetzt überraschte, dachte er doch täglich, in regelmäßigen Abständen an Schlaf, war er doch, wenn er ehrlich war, seit zwei Jahren müde.

Mit leicht schwankendem Schritt betrat er sein Arbeitszimmer, das er in den letzten Wochen kaum benutzt hatte und in dem sich das Chaos auf mittlerweile drei Schreibtische verteilte. Überall Bilder, Skizzen, Bücher, Sammelfiguren in ihren Originalverpackungen, die ihm im Kollegenkreis den Ruf einbrachten, ein verkappter Homo zu sein, denn es hieß, nur Schwule und Mädchen stünden auf diesen Quatsch.

Seine Hand zitterte, als er den elektrischen Radierer hochnahm, mehrmals auf den Knopf drückte und nicht wahrhaben wollte, dass die Batterie längst leer war. Er konnte sich nicht erinnern, wann er ihn das letzte Mal benutzt hatte. Seit er täglich ins Studio lief, um an seinem Board die Zwischenphasen im Minutentakt zu zeichnen, sah er nur noch Münder, die brüllten, Augen, die glotzten, und Beine, die liefen, *Werners* Beine, die auf das Motorrad aufstiegen, abstiegen, aufstiegen. In seinen Träumen hörte er die ganze Nacht den Motor röhren.

Er stützte sich auf den Schreibtisch, senkte seinen Kopf, bis er sich erkennen konnte in dem runden Vergrößerungsspiegel, der neben den letzten Bleistiftzeichnungen stand. Er versuchte zu lächeln, er wollte wissen, wie das aussah, wenn er lächelte, wo genau das Lächeln begann, was mit seinen Augen passierte, das hatte er lange nicht gesehen, es war keine Zeit zum Lächeln, es war die Zeit des großen, grölenden Gelächters, die Münder aufgerissen, und durch die Kehle rauschte das Bier. Wenn Henning lächelte, bekam er Falten auf der Stirn.

Er klappte den Spiegel um und sah in den Raum, das hatte alles kein System, das folgte alles keiner Ordnung. Schon oft hatte er mit dem Gedanken an ein Regal gespielt, hatte mehrere Zeichnungen angefertigt, ein Modell aus Pappe gebaut, den befreundeten Tischler eingeladen, doch seine Bedürfnisse änderten sich konträr zum Kontostand, und neuerdings stellte Martha sogar die Sache an sich in Frage, indem sie sein Arbeitszimmer als Wenn-dann-Kinderzimmer vorschlug, selbstverständlich, welches auch sonst. Dabei hatte sie von der tickenden Uhr gesprochen. Die Uhr tickte, überall hörte er das seitdem, die Welt war voller tickender Uhren. Warum auch nicht, hatte Henning gedacht, das ist eine Eigenart von Uhren. Er hatte nie verstanden, wie Leute das zur Darstellung einer besonderen Dramatik verwenden konnten.

Als er eine Woche später alle analogen Uhren in ihrem Haushalt, einschließlich Marthas Armbanduhr, gegen digitale ausgetauscht hatte, konnte Martha das ganz und gar nicht witzig finden. Das ist nicht witzig, hatte sie gesagt, und vielleicht hatte sie recht, vielleicht war er nicht einmal mehr komisch.

Betty bog ihren steifen Oberkörper nach vorn, schloss noch einmal die Augen, bevor sie sich mit beiden Händen aufstützte, um von der Isomatte hochzukommen. Die Schritte zum Bad waren langsam, gleichmäßig, bloß nicht den Kopf bewegen, aufrecht gehen, den Schmerz ausbalancieren. In einer halben Stunde würde der Praktikant sie abholen, zumindest das hatte sie durchsetzen können, wenn schon Praktikant, dann einer, der fährt, der dabei am besten das Maul hält, der nicht alles schon weiß, und das besser, der sie nicht fragte, wie lange sie diesen Job eigentlich noch machen wolle. Er hieß Kirk, und schon bei dem Namen hatte sie letzte Woche am Telefon laut aufstöhnen müssen.

Betty wurde müde. Sie ließ nach. Diese Art von Müdigkeit, die damit begann, dass man nicht mehr alles so wichtig nahm, bis am Ende gar nichts mehr wichtig war. Es war eines von vielen deutlichen Zeichen dafür, dass jetzt die unangenehmen Seiten des Altwerdens hervorkamen. Hier ging es nicht um erste graue Haare oder kleine Dellen am Oberschenkel, hier wurde es ernst, löste die Erschöpfung die Wut ab, hier kam eine Müdigkeit, die sich mit ausreichend Schlaf nicht mehr vertreiben ließ.

Ihr Rücken schmerzte, sie musste sich setzen, um in

ihrem Medikamentenkarton, zwischen Nasendusche und Migränezäpfchen, nach einem Wärmepflaster zu suchen. Als sie auf dem Badezimmerboden hockte, klingelte es Sturm an der Tür, ganze fünfzehn Minuten zu früh, und Betty dachte nicht daran zu öffnen, sie öffnete niemals vor der Zeit, zu früh zu klingeln war die größte aller denkbaren Unhöflichkeiten. Langsam zog sie sich an, Cargohose und Kapuzenjacke, ihre Arbeitsuniform seit Jahren, während sie privat immer häufiger Rock und Bluse trug; irgendwo musste man schließlich anfangen mit dem anderen Leben.

Als sie sich eine Viertelstunde später die Treppen hinunterschleppte, wartete dort der 20-jährige Kirk auf sie, mit Skaterschuhen und Coffee to go. Aus dem Wohnmobil, das schräg auf dem Bürgersteig parkte, tönte Hip-Hop, zu dem er den Kopf wippen ließ.

«Guten Morgen», rief Kirk und hielt ihr die Wagentür auf, so dass Betty für einen kurzen Moment dachte, er sei ihr neuer Zivi und sie auf dem Weg zur Dialyse. Unter Schmerzen kletterte sie auf den Beifahrersitz, holte eine Sonnenbrille aus ihrer Tasche und schaltete die Musik aus.

«Kennst du den Weg?», fragte sie, und selbstverständlich kannte er den. Er war ihn gestern Abend noch einmal abgefahren, hatte alles auf Baustellen und Blitzer überprüft, die schnellste Strecke herausgesucht und den Wagen vollgetankt. Seit der Oberstufe wollte Kirk Regisseur werden; er hatte Videos gedreht, Kurzfilme, einem Experimentalfilmer assistiert, dessen Name ihr nicht das Geringste sagte. Kirk war heiß, Kirk brannte, und darauf kam es an, das hatte Betty sich schon vor Jahren anhören müssen: Du musst brennen für den Job, hieß es, wer nicht brennt, braucht gar nicht erst aufstehen. Vielleicht hätte sie sich daran halten sollen, zumindest heute, da außer dem ABC-Pflaster auf ihrem Rücken rein gar nichts brannte, der Magen zuckte und auch sonst nichts rundlief.

Hinter der Sonnenbrille schloss sie die Augen, während ihr Praktikant sich in die Kurven legte und nach immer neuen Formulierungen suchte, um seiner Freude Ausdruck zu verleihen. Der Junge war nicht zu bändigen, und sie ahnte dunkel, dass er ihr persönlicher Untergang werden würde.

Sie hatte sich nicht einmal anstrengen müssen, hatte nichts erwartet, hatte kaum gerechnet, sich nicht auf den Kopf gestellt, kein Folsäure genommen, das einzige Problem war gewesen, Henning zu entspannen, der seit dem ersten Aufkommen dieses Gedankens schon beim Küssen Vorsicht hatte walten lassen. Als Martha dachte, die schlimmsten Hürden genommen zu haben, stellte sein Körper sich quer; Hennings Körper schien plötzlich mit dem Denken angefangen zu haben, dachte an Krabbelgruppen, Sandkästen, Kitaplätze und Lebensversicherungen, und Martha solle nie wieder etwas erwähnen, das die Vorstellung von Verantwortung mit sich brachte, das sei einfach nicht sexy. In der Hinsicht war Verantwortung schlimmer als Eiswasser, da könne er auch nichts für.

Und nun saß sie auf dieser Hoteltoilette: zwei Striche, ganz eindeutig zwei Striche, und das bereits nach zehn Sekunden. Sie war nicht sicher, ob einem polnischen Test zu trauen war, vielleicht fiel jeder polnische Schwangerschaftstest positiv aus, das wäre möglich. Genauso wäre es möglich, dass Henning nicht begeistert sein würde, dass er erst einmal in die Bar lief. Es war unter Umständen möglich, dass er ein paar Tage wegmüsste, es war nicht nur möglich, sondern wahrscheinlich, dass er sie in nächster Zeit betrog.

Alle werdenden Väter betrogen die werdenden Mütter, das war weder ein Geheimnis noch ein Vergehen im engeren Sinn. Sie selbst hatte früher Nächte verbracht mit viertel, drittel und halben Vätern, hatte sich geschämt für die fehlende weibliche Solidarität, nur um sich dann einzugestehen, dass sie mit Frauen weder an sich noch im konkreten Fall jemals gern zu tun gehabt hatte. Die meisten Frauen waren Martha zuwider, sie waren Biester, Zicken, Tussis oder esoterisch. Zu allem Überfluss waren Frauen kompliziert oder wären es zumindest gern oder hielten sich dafür oder kümmerten sich mit Hingabe um ihre Balkonpflanzen. Und schließlich hatten viele Frauen diese ausgeprägte Neigung zum gesunden Leben, was sie für Martha endgültig aus dem Rennen warf.

Sie rief Betty an, und als sie die Ansage der Mailbox hörte, wurde ihr linkes Auge feucht. Dass es jetzt schon losging mit den Hormonen, konnte nur ein Scherz sein.

Als Jon von einem lang andauernden Türklingeln geweckt wurde, hatte er das Gefühl, in seiner eigenen Haut zu schwimmen, und er fragte sich, ob dieses schnelle, monotone Klacken wirklich von seinen Zähnen kommen konnte. Mühsam hob er seinen Körper aus dem Wasser, seine Hände waren aufgeweichte Pranken, die sich auf den Wannenrand stützten.

Die Schritte aus dem Treppenhaus wirkten schleppend, was nichts Gutes verhieß, und dann tauchte schließlich Henning auf, stand direkt vor ihm, und «Gottverdammt, wie siehst du denn aus?», sagten die zwei offenen Münder im selben Moment, mit demselben leisen Entsetzen. Da keiner auf diese Frage antwortete und es vielleicht auch gar keiner Antwort bedurfte, gingen sie schweigend in die Küche, wo Jon zwei Biere aus dem Kühlschrank holte, Henning seine Plastiktüte auf den Tisch legte und müde fragte: «Lust auf Rinderfilet, mein Freund?»

Es war kurz vor zehn, als sie beide in ein perfektes, auf den Punkt zwischen medium und englisch gebratenes, gut ausgeruhtes Filet schnitten und den Namen Martha nicht aussprachen. Sie sprachen überhaupt nicht, genossen schweigend, bis Jon sein Besteck weglegte und sagte: «Das war wirklich das beste Sonntagsfrühstück, was man auf dieser Welt bekommen kann. Man könnte sagen, wir sind echte Glückspilze.»

«Wir frühstücken nicht, Jon, wir sind einfach nur spät dran.»

«Henning?»

«Ja.»

«Sie kommt zurück. Ich gebe ihr acht Stunden, dann sitzt sie wieder in eurer Küche.»

«Ja.»

«Betty für Kirk.» An ihrer Hüfte ein knackendes Geräusch, ein Rauschen, eine Stimme, die sie rief, ganz deutlich ihren Namen, immer wieder: «Betty für Kirk.»

Ihre linke Hand tastete nach dem Walkie an ihrem

Gürtel, sie drückte den Knopf: «Ich bin da», sagte sie, «ich bin ja schon da», und sie stand auf, leicht gebückt, es wird gehen, es wird schon gehen, ist noch immer gegangen, und sie ging, hinein in das Licht einer 18 kW, die aus diesem schwarzen Sonntag einen Sommer machen sollte.

Es waren drei Kameras im Einsatz, und Betty versuchte, von der einen zur nächsten zu laufen, sich den Schmerz nicht anmerken zu lassen. Sie notierte Optiken und Filter, sah während der Proben auf die Monitore, prägte sich alles ein, Veränderungen, Bewegungen, Abläufe. Manchmal hatte sie das Gefühl, sie könnte hören, wie ihr Gehirn arbeitete, ein beständiges Rollen, ein fortwährendes Summen, ihr Kopf schien nur noch aus Kurzzeitgedächtnis zu bestehen: In welcher Hand war die Tasche, wie lang war die Zigarette, wann und wie oft zog er daran, wann aß er das Brot, auf welcher Seite des Kiefers kaute er, welche Strähne hing ihm wie weit über die Augen, wann lehnte er sich an die Wand, und war das Fenster im Hintergrund geöffnet oder nicht, wie weit waren die Jalousien heruntergelassen, in welche Richtung zeigten die Lamellen, und wann genau hatten sich die Wolken vor die Sonne geschoben. Auf einem Ohr hörte sie die verkabelten Schauspieler, auf dem anderen empfing sie die Ansagen und Fragen der Regieassistenten, sie sprach in Walkies, Handys und Gesichter hinein, sie würde sich gern hinsetzen, würde sich gern auf dem Klo einschließen, in einem Wohnwagen verstecken und Herrn M. nie wieder begegnen, erst recht nicht hier. Betty würde gern einfach aufgeben, wenn Aufgeben jemals einfach wäre.

Eine Klappe wurde geschlagen, und zwei Autos rasten nacheinander an der Kamera vorbei, geradezu auf ein Haus, das nie eines gewesen war und hinter dessen Fassade sich kiloweise Dynamit verbarg.

Ja doch, hübsch war es hier, und ja, zum ersten Mal in Polen, und nein, mit der Kutsche sei sie noch nicht gefahren. Konnte es Einsameres geben, als allein in einer weißen Kutsche durch die Stadt zu fahren? Vielleicht könnte der Fahrer seinen Sohn anrufen, dass er sich neben sie setzte, nur so fürs Gefühl. Sicher, das würde Aufpreis geben, sicher nicht zu knapp. Aber am Geld sollte es nicht liegen, daran hatte es lange genug gelegen. Zumindest das war keine Entschuldigung mehr. An Entschuldigungen mangelte es sowieso zunehmend, und das machte nichts leichter.

Martha setzte sich quer auf die Rückbank, warf die Tasche auf das gegenüberliegende Polster, kein einziger Platz mehr frei, alles besetzt, sie allein war bereits eine Gruppe.

Das Pferd schlurfte an den Kulissen entlang. Ob irgendjemand wohnte hier, fragte Martha sich, wer zog am Morgen die Gardinen zur Seite, wer putzte die Fenster, und wie soll das weitergehen? Bin ich glücklich? Bist du glücklich? Warum sagst du nichts?

Ihr war kalt, ihr wurde schlecht von dem Getrabe auf jahrhundertealtem Kopfsteinpflaster, sie wollte auf der Stelle nach Hause, zurück zu Henning, für den die Welt ein geöltes System war, seine Welt, die er immer stärker verkleinerte, bis er alles im Griff hatte, ins Format gebracht, bis alles sich so bewegte, wie er es gezeichnet hatte. Henning war immer für eine Sicherheit gut. Egal wie klein sie war, er fand sie immer, und sollte es wirklich mal keine geben, erklärte er das einfach zu der größten aller Sicherheiten.

«Du steigerst dich da in was rein.»

«Mmh.»

«Martha liebt dich. Jedes Mal wenn sie von ihren Trips zurückkommt, liebt sie dich sogar noch mehr.»

«Mmh.»

«Also mach dir keine Sorgen.»

«Mmh.»

«Dann trinken wir jetzt noch einen?»

«Klar.»

Links und rechts eine scheuern, dachte Jon, vielleicht würde das helfen. Stattdessen stellte er eine Flasche Wodka auf den Tisch. Er hatte es mehr als einmal erlebt, dass Wodka eine Ausnüchterung zur Folge hatte, Wodka putzte den Filter, durch den man sah. Wenn man Glück hatte, war die Welt nach ein paar Gläsern so klar wie das Getränk, und auch das, dachte Jon mehr als einmal, war die Realität. Es war vollkommen legitim, den Grauschleier wegzublasen, so wie es nichts dagegen zu sagen gab, sich von Zeit zu Zeit das anfällige Hirn zu sterilisieren, es war nicht mehr als ein notwendiger Reinigungsprozess und also wesentlich.

«Eis?», fragte Jon.

Henning hielt vier Finger in die Luft, ließ sie sinken, rieb sich die Stirn. «Schön», sagte Jon, «einen Wodka auf Eis mittags um zwölf. Das hat es lange nicht gegeben.»

Immer wieder tauchten vor Bettys Augen helle, springende Punkte auf, Pixelstörung, dachte sie, und: wie weich der Boden war an dieser Stelle. Sie setzte langsame Schritte über die abgesperrte Straße, jemand staubte ein Auto mit Heilerde ein, Scheinwerfer wurden vorbeigetragen, aus dem Kostümbus drang Lachen, und Kirk kam mit einem Tablett auf sie zu, Schnittchen und im Gesicht ein Lächeln, wie es nur den Ahnungslosen steht.

Unter Schmerzen erreichte Betty die Rampe eines Licht-Lkw und hörte sich stöhnen beim Hinsetzen. Vielleicht stimmte es doch, dass man an Sonntagen nicht arbeiten sollte, Sonntage waren schwerfällige, übellaunige Monstren, litt man nicht unter der Einsamkeit, dann unter der Familie, im schlimmsten Fall litt man unter beidem, und so hatten diese Sonntagsdrehs sie nicht abgeschreckt, vielmehr waren die Sonntage der Grund gewesen, aus dem sie zugesagt hatte. Sie hätte Ruhe vor sich selbst, hatte sie geglaubt, bevor sie wissen konnte, dass dieser Mann ihr hier über den Weg laufen würde. Und außerdem zählten die Sonntage am Ende des Monats doppelt, da hätte man von Glück sprechen können.

Doch Betty sprach nicht von Glück. Sie war sich nicht einmal sicher, ob sie das Wort Glück jemals in den Mund genommen hatte. Das Wort Unglück allerdings hätte sie noch weniger aussprechen wollen, und wie sie ihr Leben absaß zwischen diesen beiden unaussprechlichen Polen, kämpfte sich Übelkeit aus ihrem Magen hinauf. Betty schluckte und schloss die Augen: weiße Punkte überall, kleine, leuchtende Lichter, Lebensendtunnellichter, in die sie hineinlaufen würde, könnte sie aufstehen.

Sein Skizzenbuch lag auf dem Tisch, Henning sah hinauf zur Decke, von der Staub in langen Fäden herunterhing, regelrechte Staubzöpfe hingen bei Jon in der Küche, und er fragte sich, ob die wohl ewig weiterwachsen könnten, ob es möglich wäre, in einem Stauburwald zu hausen, und welche Auswirkungen das flauschige Gewirr auf das Gemüt hätte. Vielleicht würde man irgendwann sogar sich selbst vergessen und genauso von der Decke baumeln, leicht und nachlässig im Luftzug schaukeln.

Er senkte seinen Blick, zeichnete mit wenigen Strichen eine Skizze vom Urwald, mit einem Tarzan, der ihm selbst nicht unähnlich war und sich an einer Liane erdrosselt hatte. Irgendwo hinten links im Bild saß Martha im kurzen Röckchen, kraulte einen dicken Leguan und schrieb dabei Tagebuch. Er verzichtete auf Untertexte und Gedankenblasen, ging hinüber ins Wohnzimmer, wo Jon schon vor Stunden auf dem Sofa eingeschlafen war.

Lange sah Henning ihn an, so lange, bis er dachte, sein Blick könne Geräusche verursachen, irgendwo im niederfrequenten Bereich, wo nur Wale und schlafende alte Säcke ihn hören. Jons Bauchdecke bewegte sich gleichmäßig, sein Mund stand ein wenig offen, beim Ausatmen flatterte die Oberlippe leicht. Eigentlich sah er noch immer aus wie Mitte zwanzig, stellte Henning fest, der neidisch war auf das volle schwarze Haar, auf den flachen Bauch, die kräftigen Unterarme, die eine klare Zeichnung der Adern trugen. Am Aussehen lag Jons Erfolglosigkeit auf keinen Fall, leider war das weder ein beruhigender noch sonst wie positiv zu wertender Gedanke. Jon war nicht nur nicht hässlich, er war vielmehr umwerfend attraktiv, selbst in diesem erbarmungswürdigen Zustand.

Im Gegensatz zu Henning, der die Mädchen mit seinen Zeichnungen zum Kichern gebracht hatte, was immerhin ein Anfang war, hatte Jon jede haben können, besonders wenn er nur dasaß und selbstvergessen Klavier spielte, dann erst recht. Ein Bild von einem Mann, das sah jeder, leider auch Jon, und vielleicht war das der Grund, warum er nach und nach verblasste. Schönheit allein reicht nicht, hatte Henning ihm damals gesagt, und Jon hatte laut gelacht, ihm kräftig auf die Schulter geschlagen und gemeint: So was können auch nur die Hässlichen sagen. Sie waren Anfang zwanzig gewesen und hatten sich anschließend ein halbes Jahrzehnt gar nichts mehr zu sagen gehabt, wobei das Schweigen eher von Henning ausgegangen war, denn er hielt sich für sensibel, andere ihn für empfindlich. Darüber, dass er ein nachtragender, sturer Bock war, herrschte allerdings Einigkeit. Schließlich hatte Jon an einem Sonntagabend mit einer Flasche Wein und einem gebratenen Hähnchen vor Hennings Tür gestanden, wo sich beide stumm angestarrt hatten, bis Jon sagte, dass Henning gewonnen habe, eindeutig. Er, Jon, habe ihn zuerst vermisst und jetzt dürfe Henning ihn auch langsam mal hereinbitten, damit sie das ein für alle Mal vergessen könnten.

«Verdammte Scheiße, wie spät ist es?» Jon hielt sich eine Hand vor die Augen, als gebe es noch Helligkeit in diesem Raum.

Martha wäre die Strecke lieber gerannt, statt schlaflos in einem ständig an gottverlassenen Stationen haltenden Zug festzusitzen. Sie hätte das Auto nehmen sollen, wie sie sonst immer das Auto nahm. Sie verstand nichts von

Nachtzügen, sie begriff nicht einmal die Idee dahinter, das ganze Konzept war ihr fremd, aber Henning hatte das ganz entschieden nicht gewollt. Das klauen sie dir unterm Arsch weg, das Auto, hatte er gesagt und die Stimmung eh nicht zum Besten gestanden.

Als würde sie direkt auf den Rädern liegen, so kam es ihr vor, das hartnäckige Rattern, das quälende Vorwärts, das Anhalten, und es war lange her, dass Martha vor einem Wiedersehen mit Henning nervös gewesen war, so lange, dass sie es nicht mehr wusste, dass sie anfing zu rechnen, die Jahre mit ihm durchging, die Trennungen. Jedes Mal war sie gegangen, jedes Mal war sie zurückgekehrt, und immer hatte Henning vor ihr gestanden, als habe er das alles schon sehr lange gewusst. Blieb sie nur eine Woche oder ein paar Tage weg, war es keine Trennung im eigentlichen Sinn, es war eine Möglichkeit, die sich verbrauchte, nicht mehr als ein beständiger Beweis ihrer Unabhängigkeit, der, das ahnte sie, längst nichts mehr bewies. Wenn sie ehrlich war, verließ sie Henning aus Nostalgie. Nicht ihr gemeinsames Leben hatte sich abgenutzt, sondern die Zweifel daran.

Betty konnte sich nicht erinnern, warum Männer sie verlassen, noch viel weniger, warum sie sich zuvor in sie verliebt hatten, egal wie lange sie darüber redeten. Auch ihre Kindheit war eine graue Angelegenheit, obwohl sie angeblich mal ein rosa Fahrrad besessen hatte. Nicht selten vergaß sie ihre Telefonnummer, ihr Geburtsdatum, ihre Adresse. Betty war ein Speicher von kurzer Dauer, alles, was länger als sechs Wochen zurücklag, war unwiederbringlich verloren. Mit Ende des letzten Drehtages entfielen ihr sämtliche Namen des Teams und die Gesichter dazu. Sie funktionierte nur, indem sie permanent löschte. Mit jedem Job ein Neustart. Nachts träumte sie von falschen Jacken und Regenschirmen in der verkehrten Hand, sie konnte vorwärts- und rückwärtsspulen in ihren Träumen und gleichzeitig die verdrehten Meter zählen, und zum wiederholten Mal fiel ihr auf, dass all das nichts nützte, dass nichts davon blieb. Sie wusste immer, woher jemand kam, wohin er ging, wohin er blickte, sie wusste all das, immer aus Richtung der Kamera, und nichts mehr, wenn die Kamera weg war, die Bilder nicht länger Szenen waren, nicht alles immer wieder auf Anfang ging.

Betty fror und rieb sich die Stirn, stand auf schwachen Beinen neben Regie und Kamera, sah sich nach Herrn M. um. Das Licht streichelte die Baumkronen, jeder Ast warf einen Schatten, hinter der Stille brummte der Generator, und ein lässiger Beleuchter seilte sich ungesichert vom Korb eines 30-m-Steigers ab. Sie standen im Wald, und neben ihr bauten sie die zweite Kamera auf, sie küsste ein paar Leute links und rechts auf die Wangen, obwohl sie das nicht wollte, sie wollte seit Jahren zurück zum Handschlag, das war ihr alles zuwider, nur merken sollte es niemand.

Betty nickte, lächelte, Ja, sagte sie, genau, sagte sie, so machen wir es. Sie schaltete ihr Walkie ein: One, sagte eine Blechstimme, dann Rauschen, dann die Ansage, das Catering sei jetzt fertig und der Espresso mit dem Produzenten persönlich auf dem Weg zu ihnen in den Wald. Danke, sagte Betty, und ihre Hand griff nach dem Stahlstativ, das neben ihr stand.

Sie gingen über den Platz, vorbei an der Pizzeria, in die sie wild hineinwinkten, zu Heinz am Tresen, der seinen Lieblingswhiskey hochhielt. «Lieber oben ohne als ohne Oban», rief er laut und lachte einsam.

Es folgte der kleine asiatische Laden mit Zitronengras, Sojaöl und so genannten und auch so gemeinten Geschenkartikeln, den die Frau von Heinz oder die Schwester seiner Frau oder die Freundin ihrer Schwester, so genau ließ sich das nicht sagen, vor ein paar Monaten eröffnet hatte. Danach brauchten sie nur noch am Keglereck vorbeizugehen, schließlich am Billardeck, wo auch die Spielstraße endete, was Henning schon immer auf eine billige Art amüsiert hatte.

«Ist alles dunkel bei euch», sagte Jon, der mit ausgestrecktem Arm auf die Wohnung im dritten Stock zeigte, in die Henning und Martha vor sechs Jahren eingezogen waren, eine Ewigkeit, wie es schien. Vielleicht waren sie auch schon eine Ewigkeit zusammen, vielleicht reichte es damit jetzt, und zu wissen, dass man die Ewigkeit selbst beenden konnte, hatte schließlich etwas Befreiendes.

Henning verstand Martha, er verstand sie immer, er verstand sie sogar, bevor sie sich selbst verstanden hatte. Ihm erschien das logisch, ihr war das unheimlich, wenn er Glück hatte. Wenn er keins hatte, was in letzter Zeit häufiger vorkam, hielt sie ihn einfach nur für einen Besserwisser, eine Beleidigung, die Henning noch nie hatte hinnehmen können. Es war nichts einzuwenden gegen Menschen, die es, und zwar jederzeit nachprüfbar, besser wussten. Wenn dagegen etwas einzuwenden wäre, bräuchte man ja gar nichts mehr wissen oder müsste alles für sich behalten und würde vom Besserwisser zum Besser-für-sich-Behalter, und die Vorwürfe, die er dann zu hören bekäme, konnte er sich auch schon vorstellen.

«Dann kommt sie eben morgen», sagte Jon in die Stille hinein. Und Henning zeichnete mit den Fingern ein Martiniglas in das Abendlicht, woraufhin beide nickten.

Herr M. verteilte den Kaffee, begrüßte sie unauffällig im Vorbeigehen, im Schon-wieder-Weggehen. Einen kurzen Moment sah Betty nach oben, atmete die schwere, reine Luft, eine Hand auf ihrer Schulter, ist alles in Ordnung, hallte es in ihrem Kopf, war eine kurze Nacht, und dann stand sie wieder fest auf dem weichen Waldboden, alles in Ordnung, und sie stürzte den Kaffee hinunter, als sei er Wasser nach drei Tagen Wüste oder drei Tagen Suff. Die leichte Berührung ihrer Schulter, als hätte er sich geirrt, als hätte er nichts, aber auch gar nichts so gemeint, und dazu nickte er. Dieses elende Nicken immer am Ende, dieses Wir-wissen-es-doch-beide-Nicken, Abschiedsnicken, wie man überhaupt zum Abschied nicken konnte, wie es überhaupt Abschiede geben konnte, wie satt sie das hatte, und immer war sie es, die am Ende aufräumte, mit den benutzten Gläsern in der Hand dastand, den Aschenbecher ausleerte, die Reste von den Tellern kratzte. Diese ganze Traurigkeit verlassener Küchen, die gottverdammte Stille danach.

Jetzt nickte auch sie, sah ihn von links nach rechts aus dem Bild abgehen, Laptop unter dem rechten Arm, Handy in der linken Hosentasche, Schlüssel rechts, Jacke offen, Pullover braun mit V-Ausschnitt, weißes Hemd darunter, oberster Knopf geöffnet, leichte Schlafdelle auf der linken Seite seines Hinterkopfes, den Bart rasiert vor zwei Tagen, Uhr links, 21:30, Ehering.

Ihr rutschten die Sinne weg, nackte Haut, verschlossene Türen, Pizza im Bett und keine Versprechen. Die gemeinsamen Taxifahrten, bei denen sie immer eine Straßenecke früher ausstieg, der kollegiale Kuss zum Arbeitsbeginn, wenn der Geruch von seinem Aftershave noch in ihren Kleidern steckte, seine Unterschrift auf ihrem Vertrag, als sie sich noch siezten und es längst besser wussten. Er hatte sie geliebt, ohne die Uhr abzunehmen, sie sah seinen nackten Körper und diese erbärmliche Uhr an seinem linken Handgelenk. Sie sah die zersägte Matratze, ihr zerbrochenes Fenster, sie zitterte. Schon beim Anziehen am Morgen hatte Betty gezittert, selbst hinter den Augen zitterte es jetzt, die Bilder pumpten, in der Mitte ihres Blickes spürte sie es vibrieren, das Auge ist auch nur ein Muskel, wie das Herz einer ist, alles kleine, elastische Muskeln, die sie aufs härteste trainiert hatte und die ihr zunehmend versagten.

Ich falle nicht, ich taumle nur und muss ja, dachte sie, muss ja.

Die Freude war so groß und heimlich, dass Martha mit ihren schweren Beinen in Gedanken den Bahnsteig entlangsprang. Ihre Tasche warf sie auf die Rückbank des Taxis und merkte zu spät, dass die Sitze mit Folie überzogen waren, dass hier alles eine Ordnung hatte, die man besser nicht störte. Sie saß in dem wohl ältesten Neuwagen der Stadt, der Fahrer putzte die Armaturen und berührte das Lenkrad nur mit Handschuhen. Ihre Tasche hatte einen Streifen über die Folie gezogen, ein Streifen, das war kurz vor einem Riss, und wenn die Folie erst einmal gerissen war, dann könnte er die Polster gleich ganz wegwerfen.

Martha lächelte so lange und stur, bis er schleichend losfuhr. Sie rollten durch die Stadt, und hätte es hier Kutschen gegeben, wären sie krachend an ihnen vorbeigezogen. Sie wollte jetzt die Klingel drücken, jetzt die Treppen nach oben laufen, jetzt ihre Jacke in den Flur werfen, sie wollte ihre Arme um seine Schultern, die Hände ins Haar, die Lippen, sie wollte nach Hause, jetzt. Vielleicht könnte sie auf dem Weg noch ein paar Blumen pflücken.

Verdammtes Polen, dachte sie, hatte ihr das Hirn eingehäkelt wie eine Klorolle.

Sein Gesicht im Spiegel, dreimal ging er heraus aus dem Bad und wieder hinein, fragte sich, ob das stimmen konnte, ob das möglich sei, ob so was über Nacht, und doch: Er war schön an diesem Morgen, er sah sich an und stellte fest: Du siehst verdammt nochmal verdammt gut aus, du verdammter Drecksack hast noch nie so gut ausgesehen. Jon sah sich von vorn, Jon sah sich im Profil, Jon sah sich von hinten, und wie er sich und den Spiegel drehte, war und blieb er: schön. Was für ein Kerl, schoss es ihm durch den Kopf, was für ein verdammter Scheißkerl. Er würde einen größeren Spiegel brauchen.

Nackt stand Jon in der Küche und bestaunte sich im Metall der Espressomaschine. Wer, wenn nicht ich, sprach er und trank seinen Kaffee gestählt auf dem Balkon, mit nichts am Leib außer seinem perfekten Körper, wann, wenn nicht jetzt. Er, Jon Petersen, war bereit, seit Jahren schon, war immer auf dem Sprung nach oben gewesen, hatte so lange in der Hocke verharrt, dass ihm der Hintern eingeschlafen war.

Seine Hände strichen über die gebügelten Hemden im Schrank, über die nachlässig gefalteten Unterhosen, die Wollpullover mit ihren Mottenpapieren. Ein Teil nach dem anderen zog er an, sehr langsam tat er das, strich alles immer wieder glatt, bevor er auf Socken ins Bad ging, um sein schwarzgefärbtes Haar zu zerwühlen.

Henning stand vor seinem Zeichentisch im Studio, die rechte Augenbraue war leicht hochgezogen, sie hatte einen eckigen Schwung, fast schon ein Dreieck, aber wirklich nur fast. Die linke Augenbraue bewegte sich in dieser Sequenz nicht, und so zeichnete Henning dieselbe linke

Augenbraue wieder und wieder, seit Tagen, genau genommen seit letztem Dienstag stand die linke Augenbraue unbeweglich auf den Blättern. Bei der rechten Augenbraue konnte sich Henning, so wie die Dinge standen, richtig austoben. Es würde noch Monate dauern, bis der Streifen fertig war.

Er, der in Brüssel ausgebildete Comiczeichner, saß mit Haltungsschaden und Bauchansatz in dieser Klitsche und sah die Möglichkeiten davonrasen. Schon jetzt gehörte er zu den Letzten seiner Art, über seinen Computer hatten die Kollegen ein Bild von Kim Jong-Il oder Kim Il-Sung gehängt, das konnte kein Mensch unterscheiden, und wann immer der Chef an seinem Tisch vorbeiging, flüsterte er Henning nur ein Wort ins Ohr: Nordkorea. Nordkorea war das Ende, so oder so. Da hockten die Zeichner wie die Hühner und knallten die Zwischenphasen zum Spottpreis raus. Schneller, billiger, dankbarer sein, das war es, was man seit Jahren von ihm erwartete, und mit allem tat Henning sich schwer.

Er hatte seine Bände, die er in schlaflosen, gehetzten Nächten produzierte, an die einschlägigen Verlage geschickt, zum dritten Mal in überarbeiteter Fassung. Eine klassische Superheldenreihe. Hoax war ein junger, nicht besonders attraktiver Kerl, ein Trickfilmzeichner, der von einem Computervirus infiziert worden ist und seitdem die Fähigkeit besitzt, in die Systeme einzudringen. Er konnte sich immaterialisieren und in Computer und Server einsteigen, konnte Geldströme umleiten, die Börsen beeinflussen, Wahlautomaten manipulieren und mindestens die Welt retten.

Jon, der Schlaumeier, hatte ihm geraten, es mit Graphic Novels zu probieren. Probier's doch mal mit Graphic Novels, hatte er zu Henning gesagt, das wollen die Leute lesen. Schwarz-weiß war wieder schick und diese ganze Familiensache, jeder machte seine Kindheit zum Trauma, welches meistens bereits im Mutterleib begann. Wer heutzutage kein Trauma im Gepäck hatte, war schlecht gerüstet. Es waren miese Zeiten für Superhelden, und Henning nahm das persönlich, er wusste, dass sie ihn meinten, wenn sie «die Figur» sagten, altmodisch, verstaubt, dem Trend hinterher. Seit einiger Zeit fiel es ihm schwer, die Dinge voneinander zu trennen, alles geriet durcheinander, Ziele, Wünsche, Socken, alles ein stinkender Haufen Leben, der täglich größer wurde, und obendrauf Martha wie eine Blume, eine Trümmerblume, die dem Boden trotzte, aus dem sie wuchs. Nicht an sie denken, am besten überhaupt nicht denken, um sieben war er aufgestanden, eine kurze, kalte Dusche und direkt ins Studio, wo vor zehn keiner arbeitete und der Geruch von grüner Seife noch frisch auf dem Parkett lag.

Um sie herum war es weiß. Nichts als Weiß. Ein blendender Schmerz, eine Ahnung und kurz danach die Gewissheit. Der Schlauch in ihrem Arm, der aufgehängte Tropf, die gemangelte Bettdecke, die Triangel vor den Augen, das Beistelltischchen, darauf zwei Scheiben Graubrot, Diätmargarine, Honig, eine Scheibe Gouda, zwei Scheiben Wurst, Hagebuttentee. Neben dem Tablett lag eine Medikamentenbox, ein ziemliches Durcheinander von Pillen und Kapseln in verschiedenen Farben und Größen.

Es gab Menschen, die waren lebend aus einem Krankenhaus herausgekommen, es soll sogar welche gegeben haben, die aus einem Krankenhaus gesund wieder herausgekommen sind, andere sind nur noch kurz, so für zwei, drei Monate, mit dem Krankentransport in die Reha gebracht worden, bis sie befreit davonhumpeln konnten, das geht, das alles ist möglich, Betty, sagte Betty sich und sah zu ihrer Zimmernachbarin hinüber, einer etwa tausendjährigen Frau von der Größe eines Kindes, die starr an die Decke blickte.

«Entschuldigen Sie», fragte Betty, «auf welcher Station sind wir?»

Die Alte reagierte nicht, sie zuckte nicht einmal.

Sie probierte es lauter, dieselbe Frage noch einmal, wieder keine Reaktion. Dann brüllte Betty so laut sie konnte: «Welche Station?» Der Blick der Alten ging nach links zur geschlossenen Tür und verharrte dort.

Betty stöhnte kurz, schlug ihre Bettdecke zur Seite, nahm den Tropfständer und ging zu der Alten, legte ihre Hand an deren Kopf, drehte ihn langsam zu sich hinüber, sah in ihre Augen, ein verschwimmendes Graublau, und schrie direkt in ihr Ohr: «Auf welcher Station sind wir?»

Die Alte nickte lange, es folgten ein Krächzen und Husten, schließlich ein: «Jaaa», wobei sie Betty anstarrte, so trübe und blass, dass Betty erneut schwindelig wurde. Kurz musste sie sich auf die Bettkante setzen, den Blick aus dem Fenster gerichtet, mit tiefen Atemzügen, bis sie die gegenüberliegenden Dächer wieder scharf sehen konnte. Es goss in Strömen, der Regen rauschte vom Himmel herab, als hätte er einen sehr weiten und beschwerlichen Weg hinter sich.

Noch einmal atmete sie tief ein, bevor sie aufstand und

ein paar vorsichtige Schritte durch das Zimmer wagte. Sie fühlte eine Ruhe und seltene Sicherheit, hier, irgendwo in der achten oder neunten Etage, wo sie weder etwas tun konnte noch etwas tun musste, wo sie einfach nur im Bett liegen sollte, um auf etwas Unbestimmtes zu warten. Man unterschätze nicht die beruhigende Wirkung eines wahren Nullpunkts; wenn man erst mal bei null angekommen war, konnte einem der Rest auch egal sein.

Als sie näher an das Fenster herangetreten war und den Kopf an die Scheibe legte, überkam sie der nächste Schwindelanfall. Scheiße, der Glaser, dachte sie noch, sah ihre Wohnungseinrichtung, die von einem Sturzbach davongetragen wurde, dann fiel Betty in einen weichen schwarzen Schlamm. Dass sie sich die Stirn an der Fensterbank aufschlug, spürte sie nicht mehr.

Als er zum Vorsprechen kam, hatte Jon dieses elende Gefühl, wie es nur gar kein Gefühl zu verursachen vermag. Weder mit sich noch mit der sogenannten Welt auf eine nachprüfbare Art verbunden, betrat er den Raum und setzte sich auf den ihm zugewiesenen Platz. Es würde noch dauern, sagte man, macht nichts, dachte Jon, dauert ja schon bald fünfzehn Jahre, da kommt es auf eine Stunde mehr oder weniger auch nicht an.

Zehn Männer waren eingeladen zu dem Casting, acht davon hatte er bereits in großen, schlechten Filmen gesehen, drei von ihnen galten gemeinhin als Stars, tauchten regelmäßig in der *Gala* auf und waren mit ehemaligen Viva-Moderatorinnen oder Topköchinnen liiert. Es irritierte Jon, dass diese Männer so gänzlich anders aussahen als er, schließlich ging es darum, eine real existierende

Person zu verkörpern, und er hatte angenommen, er sei nur wegen dieser Ähnlichkeit überhaupt eingeladen worden. Es war schließlich ein weiter Weg von einem gefragten Leichendarsteller zu dem Darsteller einer lebenden Persönlichkeit, ein so unendlich weiter Weg, wie es von diesen Jungs keiner erahnen konnte.

Alle saßen sie da, lasen in Drehbüchern oder Biographien, und alle trugen sie eine Pfeife im Mundwinkel, zwei von ihnen sogar einen Bart, die hatten ganz offensichtlich von dieser Rolle schon länger gewusst oder waren gedopte Testosteronbolzen, die darunter litten, sich zweimal am Tag rasieren zu müssen. Das Ganze war ein erbärmlicher Anblick. Jon wagte nicht, den mitgebrachten alten Bestseller aus seiner Tasche zu holen, also zog auch er an seiner Pfeife und versuchte, froh, aufgeregt und in einem gesunden und nötigen Maß angespannt zu sein.

Immerhin keine Nazirolle, dachte er, das bisschen Waffen-SS war kein Drama, da musste man nachsichtig sein. Keine Nazirolle, niemals, das hatte er seiner Mutter versprechen müssen, da würde sich ihr der Magen umdrehen, hatte sie gesagt, da wäre ja die ganze Erziehung für den Hintern gewesen.

Es gab nur wenig, was Jon ihr je hatte versprechen müssen; seine Mutter liebte ihn dermaßen bedingungslos, dass Jon sich manchmal fragte, ob er ihr nicht vielleicht doch vollkommen gleichgültig war.

Aber die Nazis waren sowieso mehr oder weniger durch, danach waren die Kommunisten, Sozialisten, Terroristen an die Reihe gekommen, und jetzt waren die Politiker und Dichter dran, erst die toten, dann die lebenden

Toten, dann die quicklebendigen. Bald würden sie die Leben von Filmproduzenten verfilmen, jetzt verfüalme i mia selboa! Der Bernd könnte sich sogar tatsächlich selbst spielen, wieder was gespart, oder macht das doch lieber der Bully, oder Bully verfilmt Uwe Boll, Hauptsache wahre Geschichte, Hauptsache gut gemacht, Hauptsache authentisch. Und Jon ganz vorn mit dabei.

Durch Archivaufnahmen hatte er sich gefressen, Gestik und Mimik studiert, geraucht, gezeichnet, geschrieben, sich vorgestellt, in Lübeck einen Cognac getrunken und in Danzig einen Fisch gefangen zu haben, mit einem Wort: Jon war bereit, Jon war ready. Das war seine Chance, er hatte nicht damit gerechnet, überhaupt noch eine zu bekommen. In den letzten Monaten hatte er ganz langsam aufgegeben, er hatte die Hoffnung an den Nagel gehängt, dort war sie still vor sich hin getrocknet, und er hatte einfach weiterfunktioniert, vielleicht war er in einem Alter, wo Menschen wie Uhrwerke laufen, wo alles Leben Glashütte ist und man nur ab und an aufgezogen werden musste oder die Batterie ausgetauscht. Vielleicht wurde die Hoffnung überschätzt, man neigte sowieso dazu, alles zu überschätzen.

«Herr Petersen?» Mühsam schnaufend erhob er sich von dem niedrigen Sofa, er fing ihn schon mal zu spielen an, den alten Mann.

Sie zog sich schnell die Mütze über das Gesicht, bevor sie die Ampel bei Rot nahm, hier fuhr doch sonst kein Schwein. Martha hatte es eilig, war etwas durcheinandergekommen mit den Tagen, hatte schlicht vergessen, dass sie länger in Polen geblieben war und also heute Montag und also Woche, also Arbeit war, und die hatte dann auch angerufen, und Martha meinte gehört zu haben, dass sich da etwas überschlug in der Stimme der Chefredakteurin, und also drückte sie aufs Gas. Ihr Sender war eingeschaltet, sie hörte die letzten Nachrichten der Frühschicht, wie üblich etwas viel Panorama, vor dem Mittagessen gab es Lokales, vielleicht damit die Leute wieder wussten, wo sie waren, damit sie sich verorten konnten zwischen einstürzenden Kirchen in Charlottenburg und Razzien im Görlitzer Park.

Mit einigem Schwung setzte Martha den Wagen im Parkhaus ab, stürmte zu den Fahrstühlen und war noch vor dem Verkehr im Studio. Sie klickte sich durch den Ticker, las die Headlines und stellte fest, dass ihr die Welt zunehmend am Arsch vorbeiging. Ihr Volontär hatte ein paar Stimmen zum Papstbesuch in Afrika gesammelt, und sie fragte ihn, ob er das wirklich für das Topthema halte, was denn einen Politikstudenten im zehnten Semester am Papst in Afrika interessiere, und er meinte zu wissen, dass das nun wirklich uns alle betreffe. Er sagte tatsächlich *uns alle* und fuhr die Töne ab, sendefähig geschnitten und bereits abgenommen.

Er schaltete das Radio an, räumte die Tassen der anderen weg, alle schlampig gespült, am Gitter abgetropft, neben einer Packung Knäckebrot und feuchten Keksen, die ganze Trostlosigkeit des Wortes Küchenzeile, seine rechte Augenbraue zuckte nervös. Je länger Henning an Details solcher Art zeichnete, desto mehr übertrugen sie sich auf sein eigenes Gesicht, seinen Körper, nicht selten kommentierte er seine Umgebung mit weit aufgerissenen

Augen und einem runden Mund, bis Martha ihn wieder zurechtrückte, meistens mit der Bemerkung, dass er dringend weniger arbeiten müsse, das sei ja peinlich, sagte sie.

Er suchte ihren Sender, wie üblich hatten die Kollegen ihn verstellt, niemand konnte ihn ertragen, auch Martha und Henning nicht, aber manchmal war es ein beruhigendes Gefühl, sie dort zu wissen und nicht irgendwo anders auf der Welt. Es war schön, ihr zuzuhören, wenn sie von Terroranschlägen, Massenentlassungen und Bankenpleiten sprach. Antworten musste er auch auf nichts, was hätte er auch sagen sollen, jetzt, zu den immergleichen schlechten Nachrichten.

Ihre Stimme war tiefer als am Küchentisch, ihr klares Hochdeutsch leugnete die nordischen Wurzeln, drei Jahre Sprechtraining und kaum wiederzuerkennen. Sie stand mit geradem Rücken in der Kabine, las vom Monitor ab: «In Deutschland kämpfen Regierung und Banken weiter mit den Folgen der Finanzkrise. Im Fall des angeschlagenen Immobilienfinanzierers Hypo Real Estate will der Bankenverband eine Enteignung der Aktionäre als letztes Mittel mittragen. Derweil werden die Konjunkturaussichten immer trüber. In einer aktuellen Studie schätzen die Experten, dass die deutsche Wirtschaft in diesem Jahr nicht mehr nur um 3 bis 4 %, sondern um 6 bis 7 % schrumpfen wird. Grund sei vor allem der immense Auftragsrückgang im ersten Quartal. In den meisten europäischen Nachbarstaaten zeigt sich ein ähnliches Bild. Einzig Polen scheint sich von dieser Stimmungslage nicht anstecken zu lassen, dort sei der persönliche Glücksindex in weiten Teilen der Bevölkerung regelrecht explodiert. Besonders die Frauen, heißt es, seien glücklich wie nie zuvor.»

Sie war also wieder da, Martha war zurück, schickte ihm ihre Nachrichten, und Hennings Augenbraue zuckte nicht mehr, war ganz ruhig, wie jetzt alles in ihm ruhig war, er lehnte vor dem Radio, trank seinen Espresso und würde heute früher Schluss machen, noch einen Lammrücken kaufen, spanischen Wein, eine Crème Caramel vorbereiten. Er würde ihr einen Sekt Aperol anbieten und sie den Tisch decken, sie hätte sogar Blumen mitgebracht und noch ein paar von den polnischen Zigaretten übrig. Martha würde von den Städten gerade so viel erzählen, dass er sich nichts darunter vorstellen könnte; sie würde über Züge reden und über Kutschen, sie würde von der Einsamkeit in Hotelzimmern sprechen, und dann würden sie sich umarmen und sich etwas ins Ohr flüstern, über das sie beide lachen könnten. Er würde die Möhren als geschnittene Kirchtürme servieren und in das Kartoffelpüree stecken, die Sauce mit Wodka verfeinern, und sie würden so lange Wein trinken, bis ihre Zungen blau wären. Später würde Martha ihm die Schürze ausziehen, sie gingen ins Bett, ohne sich die Zähne zu putzen, sie würde seinen Hals küssen, er ihren Bauch, und sie würden sich die ganze Zeit hindurch festhalten.

Als sie dann nackt nebeneinanderlagen, nahm Martha seine Hand und sagte nichts, außer: «Mir ist ganz komisch, irgendwie.»

Es könnte ihre Karriere beendet haben, das wäre möglich. Herr M. hatte ihr gewissermaßen den Rest gegeben. Betty hatte zum ersten Mal und dann gleich vollständig die Kontrolle verloren. Sie hatte einen Schauspieler als den dümmsten Schiss dieser Erde bezeichnet, nachdem er sich nicht in der Lage zeigte, im richtigen Moment seinen Oberkörper nach vorn zu beugen und zu seinem Gegenüber zu sagen: «Ich weiß, wo das Geld ist.» Stattdessen hatte er improvisiert. Er hatte sich plötzlich nicht mehr vorbeugen wollen, fand es viel überzeugender, wenn er sich entspannt im Stuhl zurücklehnte und, indem er nur die rechte Hälfte seines Mundes bewegte, nuschelte: «Also, das mit dem Geld, das sage ich dir, und das sage ich nur dir, mit dem Geld ist es so: Ich weiß, wo die Schweine es versteckt haben.»

Beim fünften Take hatte es bei Betty ausgehakt, in all den Jahren war ihr das nicht passiert, immer war sie ruhig und gelassen geblieben, hatte sich alles gemerkt, notiert, im Stillen mit den Abteilungen geklärt, niemals hatte sie in eine Aufnahme hineingebrüllt, das war ein absolutes no go, in eine Aufnahme hineinzubrüllen. Wer das tat, war der Chef, und der hatte in diesem Moment in seinem Regiestuhl gesessen und sich seinen brühwarmen Hafertee über den Oberschenkel geschüttet. Und leider war es so, dass Betty ein einfaches Brüllen nicht gereicht hatte, vielmehr war es so gewesen, dass es befreiend gewirkt hatte und sie erst richtig in Fahrt gekommen war. Vor den aufgerissenen Augen des gesamten Teams war sie ins Bild gestapft, direkt auf den Jungstar zu, den sie abwechselnd Misthaufen oder kleiner Stricher nannte, um ihm schließlich ihr Drehbuch, das im voll ausgestatteten Zustand etwa drei Pfund wog und an dem sich mehrere Metallklammern und Schreibgeräte befanden, mit voller Wucht über den Kopf zu ziehen. Zwei weitere Male tat sie das, bevor der Aufnahmeleiter sie vom Set schleifen konnte. Und da endete ihre Erinnerung, da riss es einfach ab.

Das sagte sie auch, sie sagte, sie könne sich nicht erinnern, und musste das auch nicht: «Sie hatten einen Nervenzusammenbruch», hörte sie, «und zwar nicht von schlechten Eltern», genau so sagte er es, und Betty sah den Arzt an, dachte, dass der von schlechten Eltern wahrscheinlich überhaupt gar keine Ahnung habe und seit wann die Ärzte eigentlich jünger seien als man selbst.

Martha duschte wie gewöhnlich, putzte die Küche so, dass es nicht auffiel, kaufte ein paar Blumen, nicht die frischesten, kochte ein Massaman-Curry mit Rindfleisch vom Türken. Aus ihrem Zimmer klang entspannter Jazz, sie trug ihre Haushose aus Nickistoff und eine Kapuzenjacke, sie war der pfeifende Kleinganove mit den Händen in den Taschen. Sie summte und tänzelte vor sich hin und stoppte sofort, als sie Hennings Schlüssel in der Tür hörte.

«Alles klar bei dir?», fragte er, noch bevor er seine Jacke ausgezogen hatte.

Es war nicht ihre Absicht, eine große Sache daraus zu machen, es sollte nur ein schöner Abend sein, natürlich auch für die Ewigkeit geschaffen, an einen solchen Abend möchte man sich erinnern, davon möchte man, um es mal auf den Punkt zu bringen, seinem Kind erzählen können. Wenn man allerdings schon am Morgen weiß, dass der Abend für die Ewigkeit geschaffen sein soll, breitet sich Anspannung aus, und wenn diese wächst, ist entweder mit einer Katastrophe zu rechnen oder mit absoluter Belanglosigkeit.

«Ja!», rief Martha. «Alles klar!», und wusste noch immer nicht, wie sie die Worte finden sollte, denn für Worte hatte sie sich entschieden und gegen Kinderschuhe auf dem Tisch.

Henning stand im Türrahmen und ordnete seine Frisur, an der es nichts zu ordnen gab. «Du hast so kurzes Haar, dass du dir es nicht einmal raufen kannst», hatte sie letzte Woche zu ihm gesagt, als er vom Frisör zurückkam und wie immer etwas hilflos wirkte, weil ihn der türkische 10-Euro-Barbier einfach nicht verstand, wie ihn offensichtlich kein einziger Frisör in dieser Stadt verstand. An der Sprache allein konnte es nicht liegen; er hatte in der Vergangenheit schon alles probiert, von Udo Walz über Kaiserschnitt bis zum Coiffeur Selim. Er hatte Detailzeichnungen der Scheitel-, Ohr- und Nackenlinie mitgebracht, ohne sichtbaren Erfolg, und es machte Henning nervös, wenn er sich das Haar weder ordnen noch raufen konnte, da rauchte er gleich doppelt so viel und dachte zudem ständig über seine Haare nach.

Martha rührte still im Curry und sah ihn nicht an, er küsste ihren Nacken, weil er das Gefühl hatte, irgendetwas tun zu müssen, und wenn man irgendetwas tun musste, konnte man sehr gut den Menschen küssen, der gerade in der Küche stand und das Essen für einen kochte. Sie spürte eine Träne im Auge, vielleicht die Chilis, dachte sie und würgte kurz, bevor sie den Löffel hinwarf und gerade noch rechtzeitig ins Bad stürzte.

Er kam hinterher, hielt ihr ein Glas Wasser hin, sagte: «Du bist wohl schwanger», und sie hockte am Boden, hob ihren Kopf von der Kloschüssel weg und antwortete: «Ganz recht, Dr. Watson.»

Wortlos verließ Henning das Bad, ging in die Küche, berührte kurz die Whiskeyflasche, ließ es bleiben, lief den Flur auf und ab, der dafür bestens geeignet war, kehrte ins Bad zurück und streichelte Marthas Kopf.

«Was soll ich sagen», sagte er, und schließlich: «Ich glaube, ich muss mal raus.»

Seine Agentin hatte geflüstert, sie hatte so leise gesprochen, als traue sie ihren eigenen Worten nicht, und spätestens als sie es zum dritten Mal wiederholt hatte: «Jon, das ist unglaublich», war ihm klargeworden, dass diese Frau zu keinem Zeitpunkt an ihn geglaubt hatte. «Das Drehbuch ist auf dem Weg zu dir», sagte sie noch, und anschließend einen Satz, den er in all den Jahren noch nie von ihr gehört hatte: «Komm doch morgen auf einen Kaffee vorbei, Jon.»

Er legte das Telefon zurück auf den Tisch, ließ den Kopf in den Nacken fallen und starrte an die Decke. Seit wann diese widerlichen Staubzöpfe dort hingen, fragte er sich, die waren ihm noch nie aufgefallen, und was ihm wohl sonst noch alles nicht aufgefallen war.

Jon schloss für einen kurzen Moment die Augen, und ein Gefühl, für das er keinen Namen hatte, hob ihn vom Stuhl, er öffnete alle Fenster, legte Lyn Collins auf, gab einen Tanz auf dem Balkon, wartete auf den Beifall von gegenüber, verneigte sich und stopfte schließlich zu den wenigen Bühnensprachübungen, an die er sich noch erinnern konnte, seine Pfeife. Tausendmal besser als Zigaretten, besser als alle Zigarren dieser Welt, was für ein Geschmack, was für ein angenehmer Schwindel.

Ohne nachzudenken, begann er die Nummer seiner Mutter zu wählen, er wollte sie springen hören vor Freude. Es klingelte, einmal, zweimal, dann ein anderes Klingeln, lauter, direkter, mehrmals hintereinander und schließlich lang anhaltend.

Welcher Vollhorst, fragte er sich, klingelte in diesem einzigartigen Moment an der Tür, um ihn zurückzuholen in eine schon vergessene Welt?

Martha hatte genickt, hatte schlucken müssen, nichts erwidern wollen, räumte die Spülmaschine ein, kratzte den restlichen Reis aus dem Topf, stand allein im Raum, legte die Hände auf ihren Bauch und spürte dort nichts. Es war nicht in ihrem Bauch, es steckte im Kopf, eine Kopfgeburt.

Es kam ihr vor, als würden ihre Füße zum ersten Mal festen Boden berühren, die Dinge plötzlich einen Sinn ergeben, als könnte dieses ewige Um-sich-selbst-Gedrehe ein Ende haben, als bräuchte es nur einen neuen Anfang, um alles anders zu machen, als wäre ein Wir die leise gerufene Rettung. Das alles hatte sie als kitschig und absolut furchterregend empfunden, hatte sich gefühlt wie bellamartha_73 beim Chat auf endlich-schwanger.de. Bald würde sie mit Schwitz-Yoga anfangen und Rohkost essen, bald würde sie den Mutterpass unters Kopfkissen legen und Ultraschallbilder küssen, sie würde auf dem Ökomarkt Käse ohne Rohmilch verlangen und Sieben-Zwerge-Saft und rechtzeitig einen Platz bei den Zipfelmützen reservieren. Sie hätte lieber neben Henning am Tresen gesessen und einen ordentlichen Whiskey Sour getrunken, stattdessen rief sie Betty an und wollte sie bitten, mit einem Sixpack alkoholfreiem Bier vorbeizukommen.

Bettys Stimme war nicht dünn, sie klang abgemagert.

«Hol mich hier raus», sagte sie.

Martha hörte diesen Satz noch, als sie über die erste Kreuzung raste und längst wusste, dass sie diesmal zu spät kommen würde, um Monate. Woran lag es, dass man die besten Freunde irgendwann nicht mehr fragte, wie es ihnen ging, dass man sie nicht mehr genau anschaute, dass man sich mehrmals die Woche sah und darüber ganz blind wurde? Natürlich war man da, wenn was war, man war immer da, aber nie war etwas, oder wie bei Betty: Irgendwas war immer.

Als sie das Krankenhaus erreichte, stand Betty schon vor dem Eingang. Unter ihrer Jacke lugte ein Flügelhemd hervor, ihre Schuhe waren offen, auf der Stirn klebte ein weißes Pflaster. Sie rauchte eine Zigarette, die sie zwischen Daumen und Zeigefinger hielt. Betty hatte schon immer diesen Hang zu Übertreibungen gehabt, da musste man ja blind werden. Trotz der Kälte schien alles an ihr zu schlackern, die etwas zu kurzen Beine, die Arme, sämtliche Gelenke, sogar der Kopf sah aus, als sitze er lose auf ihrem Hals.

Einen Moment lang überlegte Martha, ob es eine auch nur halbwegs richtige Entscheidung war, sie hier herauszuholen, doch bei genauerer Betrachtung war es natürlich so, dass Betty bereits draußen war und Martha mit dem Wagen vor ihr parkte, dass das alles längst passiert war und die Zweifel, wie es den Zweifeln eigen ist, zu spät kamen. Kaum eine menschliche Regung kam so lahmarschig daher wie der Zweifel.

Von innen öffnete Martha die Beifahrertür, Betty floss hinein und sagte mit der Zigarette im Mundwinkel: «Ich brauch ein Bier, Martha, ich nehme es auch warm.» Sie blickte aus dem Seitenfenster zum Krankenhaus und schaffte es nicht, Martha ins Gesicht zu sehen.

«Tut mir leid», sprach sie gegen die Scheibe, «tut mir wirklich leid. Ich hätte ja auch vorher mal was sagen können.»

«Morgenluft?», schlug Henning vor. Er trank den Martini leer, wobei ihm die Olive erst ins Auge geriet und anschließend über sein Hemd kullerte.

«Martini macht ja zum Glück keine Flecken. Ab 'nem gewissen Grad sollte man keinen, ich sag mal: Blaubeerdaiquiri, nur so als Beispiel, mehr ordern. Zu gefährlich, hm?»

«Oberwasser.»

«Ja, richtige Richtung, das geht schon in die richtige Richtung.»

«Rückenwind.»

«Das nehm ich. Rückenwind, ich habe Rückenwind.»

«Ich glaube, du hast einfach nur Oberwasser.»

«Auch gut», sagte Jon, stand vom Hocker auf, hob das Glas und rief: «Auf Henning junior. Wie soll es denn heißen?»

«Er», sagte Henning, «wird Lupo heißen. Ich hab nichts mehr zu trinken.»

«Nochmal das Gleiche für den Mann.»

«Wie unser Auto. Wusstest du, dass der Lupo nicht mehr gebaut wird? Das ist eine Katastrophe, der endgültige Untergang der aufstrebenden Unterschicht, mindestens.»

«Bürdest du dem kleinen Wurm da nicht zu viel auf?»

«Warum denn nicht? Mercedes ist doch auch ein Name.»

«Schon, aber da war erst der Name und dann das Auto, das ist ein himmelweiter Unterschied.»

«Ich hab nichts mehr zu trinken.»

«Ach, du Elend.» Jon setzte sich wieder auf seinen Hocker und starrte eine Weile auf die Flaschenreihen gegenüber.

«Und wenn es ein Mädchen wird?»

«Lupine.»

«Du machst Witze?»

«Sicher.» Henning griff in die Schale mit den Erdnüssen. «Es wird kein Mädchen.»

«Und wenn doch?»

«Ich sage dir, es wird kein Mädchen. Ich weiß das.»

«Verstehe. Hier kommt dein Drink.»

Als sie zu Hause angekommen waren, hatte Betty sich auf der Stelle eine Flasche geöffnet, lange und heiß geduscht, sich einen Schlafanzug von Martha angezogen, bevor sie sich hinsetzte und endlich zu reden anfing.

«Burnout, haben sie gesagt.»

Martha blickte auf das Etikett ihres alkoholfreien Bieres.

«Wie kommen die denn darauf?»

«Man füllt einen Fragebogen aus. Hab im Leben bei keinem Test so gut abgeschnitten, 88 von 90 Punkten. Fühlen Sie sich müde? Ist das Arbeiten mit Menschen eine Strapaze für Sie? Haben Sie das Gefühl, Sie würden emotional verhärten? Trinken Sie regelmäßig Alkohol? Würden Sie sagen, Sie bekommen nicht genügend Anerkennung für das, was Sie leisten?»

«Geht das schon lange?»

«Wie – geht das schon lange?» Betty war aufgestanden und hatte sich das zweite Bier geholt. «Ich frage mich, ob es überhaupt je anders war. Wenn ich mich recht erinnere, hätte ich all diese Fragen schon in der Schule mit Ja beantworten können. Mit dem Unterschied, dass das damals noch keine Krankheit wert gewesen ist.»

Betty trank einen Schluck und sah ihre nackten Füße an, als könnten die sich bitte auch mal dazu äußern.

«Und dann wollten sie wissen, ob ich irgendwelche Losigkeiten hätte.»

«Was?»

«Losigkeiten. Appetitlosigkeit, Schlaflosigkeit, Lustlosigkeit, was weiß ich, Ziellosigkeit ...»

«Kinderlosigkeit, Erfolglosigkeit ...»

«Zum Beispiel.» Mit dem Kopf deutete sie auf Marthas

Flasche, die behauptete, mit Bier noch etwas zu tun zu haben.

«Was soll das sein, was du da trinkst?»

«Wenn ich nur wüsste, was ich die ersten zehn Jahre mit dem Ding anfangen soll.» Henning sah in sein Glas und legte die Olive beiseite.

In der letzten Zeit hatte er manchmal gedacht, Martha würde ihn verlassen, sobald sie ein Kind hätte, da wäre dann nichts mehr, was er ihr noch geben könnte, sie hätte alles bekommen. Auch jetzt war er sich nicht sicher, ob sie bleiben würde, aber er hatte sich an diesen Gedanken gewöhnt in den letzten Jahren, und es war auch gerade diese leichte, immer anwesende Unsicherheit, die er liebte. Ein Kind allerdings war das Gegenteil von Unsicherheit, ein Kind schrie nach Ordnung, nach sicheren Verhältnissen, nach Windeln, Spielzeug, Geld. Ein Kind schrie nach anderen Kindern, nach Spielplätzen, Vergnügungsparks und Geburtstagen, ein Kind schrie vor allem nach anderen Eltern, und das war der nackte Albtraum, das müsste Martha allein durchziehen, da wäre er nicht dabei, ganz sicher nicht. Nur sagen müsste er ihr das noch. Martha, die blass von der Kloschüssel aufgeblickt hatte, mit einem Lächeln, von dem ihm ganz kalt geworden war im Nacken. Langsam war sie aufgestanden, hatte ihn lange umarmt, pathetisch, hatte er gedacht, und dann hatte sie gesagt:

«Mach dir keine Sorgen, das wird super.»

«Na klar», sagte Jon, «kein Problem für mich.»

«Nein, Martha sagte das vorhin: Das wird super, mach dir keine Sorgen.»

«Genau, auf Lupo!»

Jons Rückenwind war zu einer steifen Brise geworden, die Henning direkt ins Gesicht blies.

«Super. Als ob sie mich zu 'nem Kickerabend mit ihren Radio-Fritzen überreden wollte.»

«Hey, sie freut sich einfach. Das solltest du vielleicht auch mal versuchen.»

«Natürlich freut sie sich», sagte Henning. «Ich weiß nur nicht, ob sie sich eigentlich klarmacht, was das bedeutet. Ich meine, ausgerechnet Martha! Sie wird ihr ganzes Leben umkrempeln müssen, nicht mehr rauchen, nicht mehr trinken, früh aufstehen. Das dürfte wohl das Schlimmste für sie werden. Vor elf ist sie ja normalerweise nicht ansprechbar.»

«Dafür bist du schließlich da», meinte Jon. «Kannste schön mit Lupo 'ne Runde drehen morgens, nochmal im Café vorbeischauen, Zeitung lesen, Kaffee trinken.» Er griff in die Tasche, zog die Pfeife heraus. «Das wird super, Henning, ganz bestimmt. Man kann schließlich nicht ewig so rumhängen.»

Er stopfte ungeübt, nahm wieder etwas Tabak heraus.

«Was ist das denn für 'n Quatsch?» Henning sah ihn mit schmalen Augen an.

«Das», Jon nuckelte an dem Mundstück herum, «ist mein Durchbruch.»

«Oho», sagte Betty, «und wo ist Henning?»

Martha lächelte auf eine beleidigend entrückte Weise, wie Betty fand. «Würgeengel, wahrscheinlich», sagte sie, «die werden die Bar zum Kreißsaal umbauen müssen. Ich habe mich zu einer Tresengeburt entschlossen.»

Wenn Martha ein Kind bekäme, wäre auch die letzte

Bastion gefallen, dann würde Betty lebenslang die Rolle der alten Tante übernehmen, die kinder- und männerlos mit einem Piccolo im Sessel hing und beim Rausgehen noch ein paar Spielzeuge zertrampelte. Betty konnte nicht mit Kindern, entweder sie schrien oder weinten, und sobald sie alt genug waren, liefen sie weg. Sie hatte noch nie mit Kindern gekonnt, nicht mal damals, als sie selbst eines war. In ihrem Leben hatte Betty an die fünfzig Schwangerschaftstests gemacht, war Ärzten auf die Nerven gefallen, dass sie sich ganz sicher sei, auch wenn man es noch nicht nachweisen könne, und dass das sofort wegmüsse.

«Freut er sich denn?», fragte sie.

Martha nahm einen großen Schluck von dem alkoholfreien Bier, sah wieder lange auf das Etikett. «Trinkbar», sagte sie und: «Männer freuen sich nicht, Männer sind schockiert, haben Angst, und wenn es erst mal da ist, laufen sie durch die Gegend und erzählen jedem ungefragt, dass sie sich ein Leben ohne nicht mehr vorstellen können. Auf die Mütter können sie dann allerdings meistens verzichten. Also frag lieber, ob ich mich freue.»

Ich kann das alles selbst, ich kann das alles auch allein, hatte Betty sich gedacht, nachdem sie die Anfahrtspreise und die nächstmöglichen Termine von der Glaserei gehört und laut gefragt hatte, ob die Handwerker denn vom Mond anreisen würden, oder was. Sie hatte das Fenster ausgehängt und unter den Arm geklemmt, in der Gegend wimmelte es doch von Glasereien, sozusagen Glasereiviertel hier, alles Geldwäsche vermutlich, sie würde schon einen finden, das würde sie schon schaffen.

Bereits auf dem ersten Treppenabsatz musste sie den Griff ändern, das Fenster mit beiden Händen vor sich halten, nicht nur schwer, auch reichlich sperrig. Unten stand der Nachbar, mit Ledertasche über der Schulter und Helm auf dem Kopf, holte seine *Fisch & Fang* aus dem Briefkasten, «Oh, hallo», sagte er, und ob sie Hilfe brauche, mit Blick auf das Fenster. Er hielt ihr die Tür auf, «professionelle Hilfe, vielleicht?». Er lachte und sein Buckel lachte mit. «Starkes Video, Frau Nachbarin», und einmal mehr hatte sie keine Ahnung, wovon er eigentlich redete.

Sie ging auf die Straße hinaus, vorbei an dem Feinkostladen, den sie seit der Eröffnung ignorierte, vorbei an der Havanna-Bar, wo sich die Leute noch immer mit billigen Caipirinha abschossen, und neben ihr lief ein Hund, der etwas wie Mitleid im Blick hatte, vielleicht aber auch nur eine Bindehautentzündung.

Betty blieb kurz stehen, stellte das Fenster ab, wischte sich den Schweiß von den Schläfen. Vom Spielplatz kam lautes Brüllen und noch lauteres Weinen, dazwischen die schrille Strenge einer Mutter, alles voller Kekse und Äpfel und Eimerchen, aus dem ganzen Bezirk reisten sie an, der größte Spielplatz des Viertels und nachts die Ratten unter den Schaukeln. Kürzlich hatte sie sich zum ersten Mal im Leben einer Anwohnerinitiative angeschlossen: *Mehr Spielplätze – woanders!*

Sie blickte in Richtung von Marthas Wohnung, atmete tief ein und hob das Fenster wieder hoch, das alte Mädchen hinter der Scheibe, ging weiter über den Platz. Der Türke hatte erste Erdbeeren aus Spanien, der Weinladen verkaufte jetzt auch Biobrot, die Eisdiele hatte die Markise ausgerollt. Es war der erste warme Tag in diesem Jahr, ein Akkordeonspieler machte sich schon mal fit für die Saison, und Heinz putzte die Tische ab, blieb vor Betty stehen und winkte ihr durch das Fenster zu. Und dann hörte sie jemanden rufen von der nächsten Ecke, und ihr war sofort klar, dass sie gemeint war.

«Butzel», rief der und kam auf sie zugelaufen, «Mensch, Butzel!»

Er klopfte an die Scheibe und hielt das für witzig, er kam ihr bekannt vor.

«Thomas?» Unsicher blickte sie ihn an. «Stefan?»

«Bingo. Du trägst immer noch mein Hemd.»

Er lachte, und weil es von vorn nicht ging, umarmte er sie von hinten. Alles habe sich so verändert, gerade mal wieder in der Stadt, sagte er, und dann so was, seit gestern erst hier, Dubai hält man ja auf Dauer nicht aus, immer diese Hitze, unvorstellbar sei das, da würde er pro Tag drei Hemden verbrauchen, man wird nicht jünger, neinnein, und ob sie nicht das Fenster mal abstellen wolle, ob sie nicht mal rauskommen möchte, fragte er.

Und wo er das Fenster schon mit beiden Händen festhielt, konnte er es auch gleich zum Glaser tragen, fand Betty. Heinz versprach beiden eine Pizza auf dem Rückweg und winkte noch, als sie schon um die Ecke gebogen waren.

Das war nicht schön, ganz und gar nicht schön. Verstört stand Jon vor dem Spiegel, wer trug freiwillig einen solchen Bart, wie hielten die anderen Männer das aus. Das ist doch Porno, dachte Jon, fehlte nur die Goldkette, das Unterhemd ohne was drüber. Irgendwo hatte er gelesen, ein türkisches Busunternehmen habe seinen Fahrern verboten, weiterhin Schnauzbart zu tragen, aus hygienischen Gründen, hieß es. Das war ihm verständlich jetzt. Da musst du dich dran gewöhnen, hatte die Maskenbildnerin gesagt, so einen Bart musst du ordentlich eintragen. Und das tat er, seit Tagen; Tage, an denen er sich nicht aus dem Haus getraut, ein Handtuch über die Espressomaschine gelegt und auch sonst alle Spiegel verhängt hatte. Er strich über seine Oberlippe, betrachtete sich noch einmal im Profil, du gehst jetzt da raus, Jon, du gehst da jetzt einfach raus, als ob nichts wäre.

Er ließ die Tür ins Schloss fallen, verdammter Frühling da draußen, Kopfhörer auf den Ohren, Sonnenbrille, bisschen mit dem Kopf wippen, das geht schon, geht schon klar. Jon zog den Bauch ein und trat auf die Straße.

«Hey, Kollega!»

Heinz war sein einziger Gast, um ihn herum fünfzehn freie Tische, er musste sich einsam fühlen, und Jon wollte da nicht stören, hörte auch nichts, sah ihn nur winken wie wild. «Kollega!» Es hielt ihn nicht auf dem Stuhl, er lief über die Straße, wird auch immer erbärmlicher, der Heinz, dachte Jon noch, und dann riss der ihm auch schon die Kopfhörer runter und brüllte trotzdem: «Weißt du, wie du aussiehst?»

Er räumte die Post vom Bügelbrett, legte sie auf Schreibtisch Nr. 3, dann auf Schreibtisch Nr. 2, zurück auf das Bügelbrett, setzen, dachte Henning, ich muss mich setzen. Mit einem Messer schlitzte er die Umschläge auf, Mitteilungen darüber, dass das Auto abgeschleppt, die Kreditkarte gesperrt und das Treppenhaus gestrichen wurde. Die Post informierte einen stets nur über Dinge, die man schon wusste. Auch sonst fand er keine Neuigkeiten in diesem Raum, er fand eigentlich überhaupt nichts. Wann immer er aufräumte, für gewöhnlich knapp vor der Steuererklärung, hoffte er, Geld zu finden. Vergessene Scheine in Hosentaschen, Scheine als Lesezeichen, als Notizzettel, Scheine, die in leeren Zigarettenpackungen steckten oder klein gefaltet unter dem wackligen Tischbein. Mit Geld pflegte er einen eher lockeren Umgang, würde jemand sich die Mühe machen, einen ganzen Monat hinter ihm herzulaufen, wäre der ein reicher Mann. Ständig fiel es ihm aus Händen und Taschen, manchmal ließ er gleich das gesamte Geld im Automaten stecken. Zu Weihnachten hatte Martha ihm ein Portemonnaie geschenkt, gut gemeint, natürlich, doch das hatte die Sache nur verschlimmert, so war alles auf einmal weg gewesen, dazu der ganze Stress, bis heute hatte er den Führerschein nicht ersetzt, und seine neue Geheimnummer konnte er sich auch nicht merken.

Das musste alles anders werden jetzt. Da musste Struktur rein, System, da musste das Geld behalten werden und vorher auch noch verdient, da müsste er Doppelschichten machen, rund um die Uhr, Nebenjob, in die 3D-Branche wechseln, oder besser noch: Aufstieg, Karriere wäre ja mal was. Man müsste sich mal so richtig ins Zeug legen, mal ordentlich Gas geben, die PS auf die Straße bringen, da müsste ja einiges verdient werden jetzt, ein Haus gekauft, eine Lebensversicherung abgeschlossen, ein Bett gebaut, ein Wagen besorgt, eine Mütze gehäkelt, da muss geheiratet werden, da muss, da muss, das muss alles anders werden, alles ganz anders, jetzt, da muss, alles, muss, jetzt, alles.

Martha legte eine Hand an seine Stirn. «Du bist ganz heiß», sagte sie, und dass sie nur hatte schauen wollen, ob alles in Ordnung sei, es habe plötzlich so geknallt.

Henning lag auf dem Boden, drehte den Kopf nach rechts und links, und «Kawonk», sagte er, «da muss es mich doch tatsächlich vom Stuhl geblasen haben.»

Betty lag wach in ihrem neuen Bett, unter der Decke eine Socke, die ihr nicht gehörte, und da rätseln nun in aller Welt die Hausfrauen drüber. Es war der große amerikanische Drehbuchautor Ben Hecht, über den sie mal die Geschichte gehört hatte, wie er sich, gänzlich ohne Arbeit und Perspektive, von seinem letzten Geld den «Verfall und Untergang des Römischen Reiches» in zehn Bänden von Edward Gibbon kaufte. Hecht hatte sich entschlossen, auf die Wende in seinem Leben einfach zu warten. Er wusste, dass er alles probiert und nichts gewonnen hatte, also hörte er auf damit und blieb im Bett. Während des fünften Bandes klingelte das Telefon. Der Rest ist Hollywoodlegende.

Diese Geschichte hatte ihr immer schon gefallen, es war der einzige Notfallplan, den Betty sich je vorgestellt hatte, und sie fand es weise, überhaupt einen Plan für den Notfall zu haben. Den hatte nicht jeder, den hatten sogar die wenigsten. Für gewöhnlich war der einzige Plan, den die Leute hatten, sich nicht unterkriegen zu lassen, nicht aufzugeben. Aber Betty hielt sich an Hecht, stellte betrübt fest, dass die deutsche Ausgabe aus nur sechs Bänden bestand, was sie als ausgesprochen unfair empfand, begann trotzdem den ersten Band und hatte nicht vor, in den nächsten Tagen oder auch Wochen auf irgendeine offizielle Weise aufzustehen. Das Telefon allerdings lag griffbereit auf dem Nachttisch. Sie konnte nur hoffen, melden brauchte sie sich auf jeden Fall bei niemandem mehr, das hatte man ihr deutlich zu verstehen gegeben, und so war ihr nichts anderes übriggeblieben, als schweigend zu Hause am Computer zu sitzen und sich den ganzen Schlamassel anzusehen.

Von Kirk mit seinem Camcorder in full HD aufgenommen, lief ihr Ausraster bei *youtube*, war bis zum heutigen Tag 30 000-mal angeklickt worden und mit vier Sternen bewertet, Tendenz steigend. Betty war eine Heldin und absolut unbuchbar. Nächste Woche würde sie mit Band zwei beginnen.

«Ein deutsches Leben» stand da. Schlicht, hatte er gedacht, ein schlichter, durchrauschender Titel, ein absoluter Kacktitel. Wer suchte solche Titel aus? Jon hielt das Drehbuch in seinen Händen, es war mit dem Kurier gekommen, passte in keinen Briefkasten, über 200 Seiten dick, ein Zweiteiler, das war nah dran am Epos, das waren über fünfzig Drehtage und er in fast jedem Bild, ein Marathon, ein Sack voll Kohle und sein Durchbruch. Allerdings nicht mit diesem Buch, so viel war klar. Das hier war kein Film, das war eine Fotostrecke. Die Dialoge waren unsäglich, überall kratzte und holperte es, jeder Satz eine Information, reinstes Subtextgequatsche, so redeten nicht mal Dichter.

Zu Beginn hatte Jon seine Änderungen noch mit einem Bleistift gemacht, nach zehn Seiten war er zu rotem Edding übergegangen und hatte schließlich den

Produzenten gebeten, ihm das Buch doch bitte als Datei zu schicken. Ließ sich alles noch verbessern, noch war nichts verloren, eine Menge Arbeit, klar, zehn Ärsche voll Arbeit waren das, aber das war es ihm wert, er würde ihnen eine gänzlich neue Fassung auf den Tisch legen, nur mal anbieten, unverbindlich, sie könnten dann ja selbst entscheiden.

12:00, Kaffee gepumpt. 12:04, Mittagskonferenz. Sie trug die Themen vor, die Chefredakteurin sah alles ganz anders, der Volontär sowieso, und niemand verstand, warum Martha zu alldem nur lächelte. Es erschien ihr selbst etwas debil, in den letzten Tagen war ihr zunehmend der Verstand abhandengekommen, und dass sie ständig ihren gespannten Busen befühlte, fiel ihr auch längst nicht mehr auf. Sie lehnte an der Scheibe des gläsernen Büros und grinste in die Runde, bis sie um 12:23 die Sitzung verließ und in ihre kleine Kabine ging. Blickte dort auf drei Bildschirme, sah die stumme Übertragung einer Bundestagsdebatte, die Agenturmeldungen, tippte ihre Sätze ein, ließ den Kiefer einmal knacken. Martha hoffte, dass Henning jetzt das kleine Radio in der Firma anstellte, sich einen Espresso machte, weil er einfach nur hören wollte, dass sie sicher im Sender angekommen war.

12:29. Sie zog den Regler hoch, drückte ihren Knopf, stellte sich scharf, sah auf das rote Lämpchen, in das Sendestudio gegenüber, wo der Moderator ihr zunickte. Dann ging über ihr das grüne Licht an.

«12:30. Guten Tag. Die Nachrichten mit Martha Bach. Familienministerin von der Leyen hat ein neues Konzept zur Steigerung der Geburtenrate vorgelegt. Demnach sollen alle Frauen über 35, die über einen Hochschulabschluss verfügen, bei der Geburt ihres ersten Kindes eine Prämie von 10 000 Euro sowie ein Haus im Grünen erhalten. Der Vorschlag solle noch in dieser Wahlperiode umgesetzt werden. Finanzminister Steinbrück bezeichnete die Pläne der Ministerin als *völlig gaga.*»

So ein Untergang war zäh. Betty starrte die Wand an, wo sie nichts sah. Eine Wand blieb eine Wand, so viel Ehrlichkeit musste sein. Sie kontrollierte die Leitung ihres Telefons, hörte durch die Gegensprechanlage auf die Straße hinaus, hoffte, dass es einfach an der Tür klingeln würde und sie dem neuen Leben nur zu öffnen brauchte, obwohl sie ahnte, dass ein neues Leben nur in Ausnahmefällen die Tür benutzte. Schon gar nicht im zweiten Stock. Trotzdem öffnete sie kurz, hielt ihren Kopf einmal ins Treppenhaus und zog ihn wieder ein.

Es war still in der Wohnung, sie hörte sich atmen, kurze Züge, als bekäme ihr Körper keine Luft, nur der Kopf füllte sich mit Sauerstoff, pumpte sich auf, blieb leer. Ihre Beine zitterten, die Hände waren kalt und feucht, sie schwitzte und fror gleichzeitig, wusste, dass dies kein Fieber war, kein messbares, da schlug kein Thermometer an, da mangelte es an Beweisen, das alles war nur ein Zustand, und zwischen den Ohren schlug das Herz, als sei es auf der Flucht.

Aus dem Kühlschrank holte Betty eine Flasche Bier, setzte sich an den Computer, 35 000-mal angesehen, fünf Sterne jetzt, und eine Nachricht von Herrn M.: Wenn du

Hilfe brauchst, melde dich. Bitte nicht nach zehn, sonst werden die Kinder wach.

Betty nahm keinen großen Schluck, sie trank es auf ex, bevor sie das neue Fenster behutsam öffnete und über den Platz brüllte, der ihr heute keine Antwort gab. Ein zweites Mal tat sie das, diesmal aus dem Schlafzimmer, direkt in den Hinterhof, und in dem darauffolgenden Hall fühlte sie sich fast geborgen.

Herr M. hatte außer Schäden nichts Bleibendes hinterlassen, hatte sich in seinen Mittagspausen keine zweite Existenz aufgebaut, nur ein weiteres Büro. Verwaiste Ladegeräte in den Steckdosen, die Betty auf sehr eigene Art berührten, so verlassen schauten sie aus der Wand. Überall Kugelschreiber, Notizen, Rückrufnummern, die er nur ein einziges Mal gewählt hatte, Castingvideos, die er sich nie angesehen hatte. Geschenke, die ausschließlich seinem eigenen Wohlbefinden dienten: grüner Tee mit dazugehöriger Kanne und passendem Sieb, gebrannte CDs (Slayer), eine Schachtel Zigarillos (noch drei übrig), eine Flasche Rotwein (St. Emilion Grand Cru, ungeöffnet), eine Pfeffermühle (schwarz, Peugeot), ein Buch (Zen oder die Kunst, ein Motorrad zu warten), Kopfhörer (kabellos).

All das legte Betty in ein Paket, nahm den Rotwein dann doch wieder heraus und übergab es dem Kurier: «Bitte erst nach Mitternacht abliefern», sagte sie. «Rechnung zahlt Empfänger.»

«Das ist nicht dein Ernst, oder? Du willst nicht wirklich ein Haus im Grünen.»

«Auf gar keinen Fall. Niemals. Weißt du doch: Natur

macht mich nervös, Tierchen, Stille, Erdgeschoss, das ganze Zeug.»

Henning öffnete ihr ein alkoholfreies Bier.

«Das beruhigt mich.»

Auf dem Tisch stand selbstgemachtes Aioli, Henning servierte kurz angebratene Scampis und frischgebackenes Brot.

«Gibt es noch was anderes?», wollte Martha wissen.

«Das ist nur die Vorspeise.»

«Und was kommt danach?»

«Seeteufel.»

«Und danach?»

«Überraschung.»

«Sag es.»

«Dein Lieblingsdessert.»

«Na toll.» Genervt lehnte Martha sich im Stuhl zurück und kaute ein Stück Brot. «Ganz toll.»

«Das könnte man so sagen. Nur mit der Betonung stimmt etwas nicht. Was habe ich denn jetzt schon wieder falsch gemacht?»

«Da kann ich ja auch gleich wieder mit dem Rauchen anfangen.»

Er zündete sich eine an: «Wenn das so ist.»

«Henning.»

«Nicht schon wieder. Nenn mich nicht Henning», sagte Henning. «Immer wenn es was zu meckern gibt, nennst du mich Henning.»

«Okay. Hönning, es ist so –», und dann fing sie an von rohen Eiern zu sprechen und von rohem Fisch, von Scampis und Toxoplasmen, von Seeteufel und Methylquecksilber und dass er das doch alles wisse.

«Methylquecksilber? Ich bin extra ins KaDeWe gefahren für diesen Fisch.»

«Ja und? Die züchten den da doch nicht.»

«Soll ich den Fisch jetzt auch noch selber züchten, oder was? Kann ich machen. Kann ich alles machen. Wenn du sagst, züchte mir einen Seeteufel, dann mache ich das.»

«Du sollst mir keinen Seeteufel züchten.»

«Warum denn nicht? Du magst doch Seeteufel. Letzten Monat auf jeden Fall hast du Seeteufel noch geliebt.»

«Das hat doch damit nichts zu tun.»

«Du bist untreu, warst du schon immer.»

«Jetzt fang bloß nicht wieder mit diesen alten Geschichten an.»

«Mach ich nicht. Es gibt keine alten Geschichten, es gibt nur Geschichten, die immer weiter gehen, die nie aufhören. Das hört einfach alles nie auf.»

«Ich glaub, ich geh besser.»

«Ja, genau. Prima. Geh doch. Hier, nimm alles mit, schmeiß weg, verfüttere es an die Tauben, was weiß ich.» Henning stopfte Fisch und Scampis in eine Tüte und drückte ihr die Schale mit dem Tiramisu in die Arme. «Tschüss.»

Vollbepackt stand Martha im Flur.

«Kannst du mir noch die Tür aufmachen, bitte?»

Sie klopfte mehrere Male mit dem Ellbogen: «Jetzt mach schon auf.»

Es war still in der Wohnung dahinter, Martha meinte hören zu können, wie Betty den Atem anhielt. All das passierte nicht zum ersten Mal, immer wieder hatte Betty solche Phasen gehabt, in denen sie niemanden sehen wollte, die Tür nicht öffnete, die Wohnung nicht verließ. Kann es im Leben Schlimmeres geben als Gesellschaft, hatte sie dann hinterher oft gesagt.

«Ich bin alleine, Betty.»

«Ich auch.»

«Ja, eben.»

Die Tür ging auf, einen Spaltbreit nur, ein schwaches Licht im Flur, müde Schritte, das Knarren der Dielen. Martha betrat die Wohnung, stellte alles in der Küche ab, schaltete das Licht an.

«Kann es sein, dass es stinkt bei dir?» Sie ging ins Schlafzimmer hinüber, wo Betty wieder zusammengerollt unter den Decken lag.

«Keine Ahnung. Ich hab keinen Vergleich. Und komm ja nicht auf die Idee ein Fenster aufzumachen.»

«Es ist nur Luft, Betty.»

«Ist es nicht. Da hängt die halbe Stadt mit dran.»

Martha lehnte im Fensterrahmen, sah hinaus in den Hinterhof, Mülltonnen, Fahrräder mit Plastiktüten über den Sätteln, fallengelassenes Spielzeug, das Gerippe eines Vogels und die verschimmelten Reste einer zersägten Matratze.

«Ich hab Tiramisu mitgebracht.»

Unter der Decke streckte sich ein Arm aus, mit der Hand deutete Betty auf eine Stelle neben ihrem Bett. Martha verzichtete darauf, eine einzelne Portion in ein Schälchen zu geben, stellte die Form auf den Boden und schob einen Esslöffel in Bettys Faust. Ihr Kopf zeigte sich, die Haare wirr, ein paar graue mehr vielleicht, die Augen klein, rot eventuell, die Haut faltig, vom Kissen hoffentlich, doch im Großen und Ganzen: nicht so schlimm wie erwartet.

«Was guckst du mich so an? Suchst du was?»

Martha blickte sich im Raum um, der ihr verändert vorkam, ohne dass sie hätte sagen können, was es war.

«Hast du aufgeräumt?»

«Ich entsorge.» Betty leckte den Löffel ab. «Es ist unglaublich, wie viele Dinge man in der Wohnung hat, die einem nicht gehören oder von denen man wünschte, sie würden einem besser nicht gehören. Man muss sich von alldem trennen. Am Ende findet das noch jemand.»

«An welchem Ende?»

«Es gibt nur ein Ende.»

Sie schob das Tiramisu in Marthas Richtung.

«Ich darf doch nicht.»

«Jetzt werd mal nicht drollig, Martha. Sonst kriegst du noch so ein Weichei von Sohn, so 'n dünnen Allergiker mit trockener Haut.»

«Allergiker sind doch süß.»

«Mhm, sensibel und alles. Komm schon, iss was.»

Martha versuchte, nicht auf den Löffel zu sehen, den Betty ihr vor das Gesicht hielt, versuchte, nicht daran zu riechen, atmete durch den Mund, drehte den Kopf zur Seite und ließ sich schließlich doch mit geschlossenen Augen füttern.

«Also, Tiramisu kann er aber.» Betty nahm noch einen Bissen.

«Ich weiß. Er macht Muskatnuss in die Creme und Kirsch in den Espresso. Das ist sein ganzes Geheimnis. Mehr kann er mir nicht bieten, sagt er.»

«Und sonst?», fragte Betty und hörte nichts Neues:

Überarbeitet sei Henning, müsse jeden Tag Horden von stampfenden Rockern zeichnen, zu viele Sorgen würde er sich machen, jeden Abend kochen, um nicht nachzudenken, regelmäßig in der Badewanne einschlafen. Von Panikattacken sprach Martha, und das hielt Betty dann doch für übertrieben. Was sollte sie erst sagen.

Nachdem er sich noch einmal vergewissert hatte, dass er auch ganz sicher allein war, beugte Henning sich vor und küsste seinen Bildschirm, genauer: seinen Posteingang, in dem sich eine Nachricht befand, die er erst für eine miese Verarschung gehalten, dann nicht verstanden und schließlich zum Beginn einer neuen Zeitrechnung erklärt hatte. Schon eine halbe Stunde starrte er auf den Monitor, sein Gehirn war nur langsam hochgefahren, und es dauerte, bis er den Sinn der Worte verstand: begeistert, entflammt, virtueller Superspaß, Superheld, Superstory, Presseabteilung infiziert, Treffen, Vertrag in Vorbereitung, sofort drucken.

Henning ließ sich in seinem Stuhl zurückfallen, räumte langsam den Tisch auf, hätte jetzt gern alles sofort in einen kleinen braunen Karton gepackt und einen legendären Abgang hingelegt, lauthals kündigen, sich die Sekretärin schnappen und aus der Tür tanzen, nur leider war er der Letzte im Studio. Er schaltete das Licht aus, ein kleiner Hüftschwung, eine halbe Drehung, immerhin, und auch die Tür fiel lauter ins Schloss als an anderen Tagen. Sein Fahrrad ließ er stehen, hielt ein Taxi an, endlich mal wieder lässig den Arm aus dem Fenster halten, sich zurücklehnen, zu Hause vorfahren, dickes Trinkgeld geben.

Als Erstes goss Henning sich einen Portwein ein, dann öffnete er den Kleiderschrank, wo seit viel zu langer Zeit unbenutzt sein Anzug in einem Plastiksack schlief und, wie er feststellen musste, etwas eng geworden war am Bund. Sitzen würde er damit nicht können, aber wer wollte sitzen? Durch die Straßen wollte er laufen, draußen wartete ein Frühling, so mild und klar, wie ihn die Welt noch nicht gesehen hatte. Die Zeiten ändern sich, und jeder hat seine.

Unser Sohn wird das Kind eines berühmten Comiczeichners sein. Bei dem Gedanken kam Freude auf und auch ein bisschen Neid, dieser verdammte Glückspilz, so einen Vater hätte er sich gewünscht. Einen Vater, wie er einer sein würde, den könnte man immer anrufen, mit dem könnte man *Calvin & Hobbes* lesen, *Star Wars* gucken und Fratzen schneiden, mit dem könnte man Torten backen, Chilis züchten und dieses ganze sogenannte Leben zum Teufel schicken. So einen Vater müsste man haben, und dieses kleine Ding da, das Martha jetzt spazieren trug, würde so einen Vater haben. Was für ein elender Glückspilz, verdammter, dachte Henning, und dass Martha anfangen müsste, sich zu schonen, ein Glückspilz ist schließlich etwas anderes als ein Superheld, wahrscheinlich ist er sogar das genaue Gegenteil davon.

Der Produzent hatte die ganze Sache mit einem «Dann sauft mal schön» anmoderiert und sich seitdem mit Wortmeldungen zurückgehalten, vielmehr hatte er sein einmal ausgegebenes Motto mit Leben zu füllen versucht. Er bestellte noch eine Flasche Wein. Heinz sagte, er würde seinen besten aus dem Keller holen, «'ne echte Granate», obwohl Jon ganz genau wusste, dass der Laden keinen Keller besaß. Aber darauf kam es auch gar nicht an, wichtig war nur, dass sie tranken, es war die Geste, die zählte. Daran hatte Jon schon immer geglaubt, sauf mit den Leuten, bevor du mit ihnen arbeitest, wie seine Mutter stets sagte.

Der Regisseur war mit jedem Glas lauter geworden: «Ich habe nicht gesagt, dass ich happy bin mit dem Buch, ich habe nur gesagt: Es ist abgenommen. Full stop. End of story. Basta.»

«Bastalavista, Jon!», fügte der Produzent mit ernster Miene hinzu.

«Und was heißt das jetzt? Keine Verbesserungen mehr?»

«Das heißt: So machen wir das. Alles andere würde nur unsere Redakteurin auf den Plan rufen, und das», er gab dem Produzenten einen Knuff mit dem Ellbogen, «kann niemand ernsthaft wollen.»

«Ogottogottogott, nein.»

«Wer ist denn eigentlich diese Drehbuchautorin, Daisy Marcher, kennt ihr die?»

«Völlig egal, das Ding ist abgenommen. Das ist durch.»

«Vielleicht kann ich mal mit der reden, vielleicht geht da noch was, hm?»

«Alles schon durch, Jon, die Dame ist menschenscheu, lebt am Polarkreis und spricht nur mit der Redakteurin und mit sonst niemandem. Da müsste schon unser Produzent hier über die Redaktion –»

«Ogottogott.»

«Was hat die denn so gemacht, vorher?»

«Ich glaube, *Eine sündhafte Frau* ist auch von ihr, mit der Dings, dieser üppigen Blonden.»

«Erotik?»

«Ansichtssache.»

«Das hier ist pure Erotik, sage ich euch.» Heinz kam mit dem Wein zurück und begann irgendein umständliches Kunstwerk mit der Kapsel.

«Und außerdem: besser, schlechter, genauso gut, wer will das nach der 20. Fassung noch beurteilen?»

«Ich zum Beispiel», sagte Jon.

«Mein Gott.»

«Jon, ohne dir zu nahe treten zu wollen: Du bist Schauspieler.»

«Richtig! Und in diesem Film gibt es nichts zu spielen, da sitze ich die ganze Zeit in den Kulissen rum und gucke schlau. Zwischendurch schreib ich nochmal, so zack!, ein, zwei Bestseller. Wahnsinnig visuell, wirklich.»

«Dann musst du eben ganz besonders schlau gucken, wenn das nicht zu viel verlangt ist. Du bist der Schauspieler, ich der Regisseur, das Buch ist final abgenommen.»

«Finalmente, Jon!»

«Was gibt es sonst Neues?»

«Nichts. Aber zur Sicherheit sag ich dir jetzt mal, wie das vonstattengeht: Wir stellen dich vor die Kamera, und du nimmst die Pfeife in den Mund. Wenn die Mühle läuft, sage ich: Action!, du läufst eine Banane, sagst deinen Text, ich sage: Cut!, und die Mühle geht aus. Das machen wir, bis es mir gefällt. End of day.»

Heinz zog den Korken: «Auf Jon!», rief er und füllte die Gläser. «Der Beste, den es gibt.»

«Er kann nur den Wein meinen», sagte der Regisseur, brüllte fast vor Lachen und hielt dem Produzenten die Hand hin zum High Five.

«Alles ist gut, alles gut. Jetzt trinken wir erst mal. Auf Jon, dich und den Film. Auf *Ein deutsches Leben*», sagte der Produzent und hielt damit fast schon eine Rede.

Fünfzig Drehtage mit diesem ignoranten Affen, fünfzig Tage, Jon nahm einen tiefen Schluck und lehnte sich zurück. Entspannen, ganz wichtig jetzt, erst mal entspannen.

«Schau ihn dir an», der Produzent lehnte sich zurück und betrachtete Jon, «eins zu eins. So 'n Cast haben nicht mal die Amis. Ich meine Will Smith als Ali, Joaquin Phoenix als Johnny Cash, hallo?!»

«Hallo?!» Heinz' Gesicht hing ganz nah vor seinem. «Jon? Jon!»

Er war schlagartig wach, genauso schlagartig, wie er eingeschlafen war.

«Wo sind die anderen?»

«Haben gezahlt und sind los. Du hast geschlafen wie 'n Stein, einfach so, flupp, weg warst du. Starker Auftritt, Jon, das muss ich sagen, ziemlich starker Auftritt.»

«Berufserfahrung, Heinz. Nicht umsonst die Nummer eins unter den Leichen.»

Betty konnte das Geräusch nicht sofort zuordnen, es erinnerte sie nur an etwas, und es hörte nicht auf. Ihre Hände bewegten sich tastend über die Decke, der Digitalwecker zeigte 07:55, was für lustige Zahlen, dachte sie, daneben blinkend das Telefon, auf dem Display eine Nummer, die sie nicht kannte. Betty räusperte sich den Schlaf aus der Kehle und meldete sich mit vollem Namen.

Eine freundliche Stimme, beleidigend freundlich für eine solche Uhrzeit, Menschen, die vor neun bereits freundlich sein konnten, waren Betty unheimlich, zudem verhieß es nie etwas Gutes, wenn der Anrufer zuvor noch einmal fragte, ob er auch wirklich mit der angerufenen Person spreche, in diesem Fall sollte man sofort alles leugnen und auflegen.

«Ja», sagte Betty, «am Apparat.»

«Ich hätte da etwas für Sie», und das klang nicht wie ein Angebot.

Konkret klang es so: Vollzeitstelle bei einem international tätigen Bauunternehmen, Hungerlohn, Bürojob, Niedergang.

«Aber das kann ich doch gar nicht», sagte Betty wiederholt, und vom anderen Ende kam, gleichbleibend freundlich:

«Also hier steht, Sie sind Sekretärin.»

Betty sank zurück in die Kissen. Zigmal hatte sie in den letzten Jahren ihren Job erklären müssen, immer wenn sie ihren Antrag abgegeben hatte, das gleiche Spiel. Schließlich Erschöpfung auf beiden Seiten, man war zu Kompromissen bereit, und so war sie persönlich schon lange nicht mehr auf dem Amt gewesen, es reichte eine E-Mail jetzt, Wiederaufnahme der Arbeitslosigkeit, die üblichen Lücken zwischen zwei Filmen. Aber diese Dame war neu im Geschäft und hochmotiviert.

«Wenn überhaupt, steht da bei Ihnen Ateliersekretärin», sagte Betty.

«Und was ist der Unterschied?»

«Das ist eine antiquierte Bezeichnung für Continuity.»

«Aha, Sie möchten die Stelle also nicht?»

«Ich kann nicht mal zehn Finger, nicht mal drei.»

«Was können Sie denn?»

«Continuity.»

«Wie schreibt man das?»

«Bei Ihnen heißt das dann Ateliersekretärin.»

«Also doch!»

«Aber das ist ein Filmjob, ich arbeite beim Film.»

«Ach! Wie aufregend. Das wäre dann also das Berufsfeld Bühne und Theater ... hier. Sind Sie örtlich flexibel?»

Betty zog sich die Bettdecke unters Kinn. «Sehr.»

«Ich hätte da was für Sie, das Theater Greifswald sucht eine Souffleuse, halbtags, 800 Euro im Monat, brutto.»

«Kann ich nicht.»

«Aber lesen können Sie schon?»

«Manchmal.»

«Haha, und was können Sie sonst noch?»

«Nichts, ich kann gar nichts.»

«Na, jetzt lassen Sie mal den Kopf nicht hängen, jeder kann doch irgendwas. Wir gehen mal die Liste durch, und Sie sagen Stopp. Können Sie Feuerschlucken, Jonglieren, Stepptanzen, Voltigieren, Wahrsagen oder Zaubern?»

«Weder – noch.»

«Das wäre vielleicht ein Fall für unsere Fortbildungsangebote … Wie steht's mit mundartlichen Darbietungen?»

«Tut mir leid.»

«Wo sind Sie denn geboren?»

«Hamburch.»

«Na, das klingt doch schon ganz zünftig, Sekunde … Nein, da hab ich leider nichts frei. Bliebe also die Sekretärin oder die Souffleuse.»

«Nein danke.»

Einem befreundeten Cutter hatten sie vor Jahren einen Job als Kuttler angeboten und nicht einsehen wollen, dass Schneideräume etwas anderes waren als Schlachthöfe. Es konnte immer noch schlimmer kommen, die Karriere war nach unten offen, und doch hatte sie das Gefühl, sich mit atemberaubender Geschwindigkeit dem Aufprall zu nähern, sie spürte bereits den Wind in ihren Haaren.

«Sie lehnen unser Vermittlungsangebot ab?»

«Richtig.»

«Dann muss ich Ihnen aber die Leistungen streichen.»

«Wissen Sie was, ich würde auf Ihre Leistungen gerne verzichten.»

«Jetzt werden Sie mal nicht pampig.»

«Ich will Ihr Geld nicht mehr. Freuen Sie sich doch.»

Ben Hecht müsste man sein, in Amerika müsste man sein, Talent müsste man haben. Der Hörer fiel ihr aus der

Hand, sie hörte es noch ganz leise: Vorladung, Antrag stellen, nur schriftlich möglich …

Betty zog sich die Decke über den Kopf, hatte nicht mal mehr die Kraft zu schreien, da kam nichts mehr raus, da war nichts mehr drin, da prallte alles ab, von außen genauso wie von innen.

«Drogen?», wollte Martha wissen.

«Mit Sicherheit. Jede Menge Opiate, Barbiturate, Kokain. Herzinfarkt, der Klassiker, Kerzenlicht, hübsches Mädchen in der Wohnung. Alles in allem nicht billig. Sie konnten ihn im Einsatzfahrzeug wiederbeleben. Peinliche Sache für den Mann.»

«Danke, Uwe. Das nehm ich auf die Eins.»

«Ich bin immer für dich da, Martha.»

Sie hatte ihn noch nie gesehen, telefonierte seit Jahren mit ihm, er war ihr Mann in der Pressestelle des Präsidiums, er rief sie an, bevor die *dpa* auch nur den Hauch einer Ahnung hatte.

«Uwe, sag mal …»

«Jederzeit, wann und wo?»

«Nee, sag mal, hast du eigentlich Freunde beim Verkehr?»

«Wäre ich ein Idiot, hätte ich mich jetzt verhört.»

«Und?»

«Ich habe überall Freunde, Martha.»

«Flensburg?»

«Meine besten.»

«Meine leider nicht. Ich meine, meinst du, du könntest, also nicht löschen jetzt oder so, na ja, bisschen vielleicht.»

«Das hab ich jetzt nicht gehört.»

«Ich habe auch nichts gesagt.»

«Dieses Gespräch hat nie stattgefunden?»

«Welches Gespräch? Bis die Tage.»

«Fahr vorsichtig, Martha.»

Erst nachdem sie aufgelegt und laut ausgeatmet hatte, sah Martha die Chefredakteurin vor ihrem Schreibtisch stehen.

«Du verstehst es aber auch, deine Position auf jede erdenkliche Art auszunutzen.»

Sie ließ einen Stapel Papier auf Marthas Tisch fallen: «Noch so ein Scherz, und du bist raus, Martha, weg vom Mikro. Das ist eine offizielle Abmahnung, die schriftliche folgt, okay?»

Es waren knapp 200 Hörermails, Betreff: von der Leyen, Betreff: Babyprämie, Betreff: Zweiklassengesellschaft, Betreff: Arsch offen?

Offensichtlich war es so, dass jeder Witz für Realität gehalten wurde und nicht umgekehrt, wie es jedenfalls für Martha immer den Anschein gehabt hatte. Sie fragte sich, wann dieser Wechsel stattgefunden hatte und warum er so vollständig an ihr vorbeigegangen war.

Seit sie im Dunkeln nicht mehr schlafen konnte, stand sie überhaupt erst abends auf. Den Kaffee kochte sie aus bloßer Gewohnheit, ein Glas Wasser dazu, von dem sie mittlerweile das Gefühl hatte, es würde sich in ihren Beinen sammeln. Ihr Körper fühlte sich schwer an, sie wünschte, sie könnte sich tragen. Alles schleppte sich dem Ende zu. Sie bekam Pickel am Rücken, obwohl der Rücken immer das Schönste an ihr gewesen war, zumindest war es der Teil ihres Körpers, den sie bisher am meisten gemocht hatte. Vielleicht lag es schlicht daran, dass sie von ihm am wenigsten sah.

Betty blickte sich um, sie würde hier gründlich aufräumen müssen, so viel war klar, da sollte kein anderer Ärger mit haben. In den Schubladen suchte sie nach Mülltüten, die groß genug waren, fand keine, und das war dann auch egal. Die Tür zum Kleiderschrank aufgeschoben, dahinter zwanzig T-Shirts in Schwarz, Fleecejacken und Kapuzenpullover, Regenjacken, Thermohosen. Wie satt sie diese Jobs im Freien hatte. Alles holte sie aus dem Schrank, besonders gern die langen Unterhosen, die Wärmeshirts, sogar Socken aus Fleece besaß sie und eine Maske aus Neopren, mit der andere Leute eine Bank ausraubten. Nachtdreh in Finnland damals bei minus 25 Grad, da war das Mittagessen gefroren vor dem ersten Bissen.

Betty trug alles auf den Balkon und schmiss Teil für Teil nach unten, in dieser Gegend blieb nichts lange liegen. Viermal lief sie zwischen Schrank und Balkon hin und her, warf, ohne auf die Straße zu blicken, einfach alles nur raus und traf ihn mit einem Trekkingschuh am Kopf. Heinz zuckte nicht einmal, er sah nur zu ihr herauf und rief:

«Butzel! Was tust du?»

Sie warf eine gesteppte Daunenjacke hinterher.

«Was hast du für Scheißklamotten?!»

«Sie schmeißt dich nicht raus, Martha! Und wennschon!»

Das Wasser war warm, der Sekt kalt, das Leben perfekt. Es konnte so einfach sein. Henning lag in der Badewanne, Martha rührte in einem faden Risotto, ein Essen, das für ihn nie über eine Beilage hinauskommen würde, aber heute hätte er sogar Kartoffeln mit Quark essen und trotzdem ein glücklicher Mann sein können. Es gab nichts, was mehr in Ordnung war als sein Leben, ein Leben mit einem unterschriebenen Vertrag für einen ersten, eigenen Band. Hoax in den Läden schon im Sommer, ein freier Platz im Programm, der Verlag hatte es eilig und Henning auch keine Zeit mehr, im Juni Präsentation in Erlangen, die Maschine rollte.

Ja, es war ein langer Weg, er habe immer daran geglaubt, ja, Hoax steckt in uns allen, und er gehe schwer davon aus, dass die Immaterialisierung des Menschen voranschreite, vielmehr jetzt schon stattfinde, dass wir alle bereits eine eigene Existenz im Netz pflegten sei ja kein Geheimnis, man müsse nur darüber nachdenken, was sich mit so einer Existenz alles anstellen lasse, und natürlich metaphorisch, klar, aber auch technisch sicher bald schon möglich. Vielen Dank für das Gespräch. Ich danke Ihnen. Ich danke der Jury, meinem Verlag und meiner wunderbaren Frau.

«Sekt!», rief Henning durch die geöffnete Tür. «Gib mir mehr Sekt!»

«Entspannen Sie sich», sagte die Fotografin. «Es ist jetzt ganz wichtig, dass Sie sich entspannen.» Eine Aufhellung stand neben ihm, vor seinem Gesicht eine Nikon D300, die anderen Gäste im Café schauten demonstrativ zur Seite. Danke, Berlin, dachte Henning. Für den Katalog brauchten sie ein Foto, für die Lifestyle-Magazine, für die Feuilletons, falls es so weit kommen sollte. Erst mal nur bis zum Bauchnabel, hatte die Presseabteilung zu ihm gesagt, bei Bedarf mehr.

«Denken Sie an etwas Schönes. Denken Sie an das, was jetzt alles kommt. Walter Moers hat hier auch schon gesessen, Gott, ist das lange her.»

Henning versuchte weder an seinen Bauchnabel noch an Moers zu denken, Henning versuchte sich zu konzentrieren. «Sie haben plötzlich so Falten auf der Stirn», sagte die Fotografin, «kriegen wir die wieder weg?»

«Könnte ich wohl mal auf die Toilette? Ich komme ohne Falten wieder, versprochen.»

Zum ersten Mal seit Jahren hatte Henning Lust auf einen Joint, armdick am besten, prall gefüllt. Gestern hatte er eine Erdbeermaske aus Marthas Fach genommen, eine peelende Gesichtspackung, die kleine Pickel auf seiner Haut hinterlassen hatte. «Kein Problem», hatte die Fotografin heute Morgen gesagt, «mit Photoshop ist gar nichts ein Problem, nur der Ausdruck, Ihr Ausdruck muss stimmen. Sie entscheiden jetzt und hier über Ihr Image.»

Er trug ein hellblaues Hemd, Kurzhaarfrisur, keinen Schmuck, keine Wunden, keine Tätowierungen, kein Image. Henning hatte noch nie ein Image besessen, er wusste nicht einmal, was genau das sein sollte. Er war Zeichner, er verbrachte seine Zeit an Schreibtischen und Computern, er trug Cordhosen in Braun und aß Erdnüsse, zu viele. Seine Biografie war zum Sterben geradlinig.

Henning hockte auf dem Klo und stellte fest, dass er der langweiligste Comiczeichner war, den dieses Land je gesehen hatte. Er war kein Freak, nicht einmal ein Nerd. Er könnte sich beim Scheißen fotografieren lassen, und es würde nichts nützen.

Lange stand er vor dem Spiegel, sah sich an und wurde nicht jünger. Die Zeit bevor es losging, war wie üblich die längste. Er zählte die verbleibenden Wochen bis zum Dreh in Tagen, er probte, er las, rauchte, kratzte sich den Bart, versuchte zu schlafen, lernte seinen Mund zu halten.

Jon stand aufrecht, den Kopf im Profil, und wollte nichts wissen von der Angst, die sich breitmachte, diese Scheißangst, die immer dann auftauchte, wenn man kurz davor war, etwas Großes zu erreichen. Er trank einen Schluck Wodka, legte sich aufs Bett und wartete. Wartete und trank noch einen Schluck. Wartete.

Nichts bewegte sich. Nichts änderte sich. Und nie ist jemand da, der einen mal festhält, einfach festhält, damit man sich selbst nicht ständig um die Ohren fliegt oder langsam wegbröckelt, was ja noch schlimmer ist, dieses Wegbröckeln, macht das eigentlich wer sauber, kommt da einer und kehrt das Weggebröckelte weg. Sie brauchen Ruhe, das ist jetzt das Wichtigste. Ruhe, Ruhe, Ruhe. Noch immer hörte Betty die Worte des Arztes, aber Ruhe entspannte nicht, Ruhe warf Fragen auf, nach der Zukunft und, wenn es schlimmer wurde, nach der Vergangenheit, das ganze gelebte Leben, die Ruhe war ein dunkles Loch, das geduldig um sie herumwucherte.

«Sie müssen sich entspannen, Frau Bach», sagte der Arzt zu Martha, «Sie müssen viel trinken, schlafen, spazieren gehen. Sie sind 36, da müssen Sie sich entspannen.» Er sah noch einmal auf die Bilder und die Patientenkarte. «Ansonsten sieht alles gut aus, alles normal. Das wird schon.»

Martha stand lange vor dem Schaufenster des Kinderladens und verbot sich hineinzugehen, sie machte einen kleineren Bogen als sonst um den Spielplatz, betrachtete auf den Straßen Technik und Ausstattung der vorbeigeschobenen Kinderwagen, ging in das Eiscafé und bestellte grünen Tee. Sie atmete tief, strich über ihren Bauch, der noch keiner war, es gab nichts zu sehen, und trotzdem wussten es alle schon. Martha rauchte nicht mehr, trank nicht mehr, sie hatte nur ein Glas Wasser bestellen müssen, und sofort war es allen klar gewesen. Erst nach Ablauf der ersten drei Monate machte man das öffentlich, sonst ist das Mitleid zu groß, sind die falschen

Fragen zu brutal, man behält es für sich, bis es sicher ist, absolut sicher. Doch Martha war zu glücklich, um zu lügen, Martha war so überschwänglich glücklich, dass man ihr schon jetzt, in der sechsten Woche, im Bus einen Platz anbot.

Null zu vier

Er blinzelte in das Licht des Scheinwerfers, der Schweiß blieb unter dem Puder, er konnte spüren, wie sein Gesicht verstopfte. Jon stand auf Anfang, seit heute Morgen stand er dort, wieder und wieder, sie korrigierten das Licht, die Kameraschienen, seinen Hemdkragen, die Frisur. Der Regisseur rief «Action!», und Jon lief auf eine Haustür zu, die behauptete, sich in Lübeck zu befinden, tatsächlich aber im Nikolaiviertel stand, und er achtete auf seine Schritte, seine Haltung, seinen Blick, die Welt betrachtend, als steckte sie tatsächlich voller Wunder. Noch bevor er das Haus erreichte, ging die Kamera aus; das Cut! musste so leise gewesen sein, dass er es nicht gehört hatte. In den letzten zwei Stunden hatte er dieses eine Wort in über zwanzig verschiedenen Varianten gehört, und keine davon hatte begeistert, glücklich, nicht mal annähernd zufrieden geklungen.

Der Regisseur lief einen Bogen um ihn herum, «So!», brüllte er und lief den Bogen wieder zurück, und wieder hin, zurück, hin und zurück, unaufhörlich, «So! So!» Er wisse sehr wohl, sagte Jon, was eine Banane sei. Dass er das nur schwer glauben könne, meinte der Regisseur, denn sonst würde er nicht wie eine Lauchstange über ein Kartoffelfeld humpeln.

Er solle ihn um Gottes willen nicht mit Gemüse vergleichen, darauf würde er sehr empfindlich reagieren, sagte Jon, und dass er ihm doch sehr empfehlen würde, mal eine Banane zu essen, sie sogar täglich zu essen, die würde nämlich ausgleichend wirken, sei gut fürs Gehirn, sofern vorhanden, und schön würde sie nebenbei auch noch machen.

Heute war der Tag, heute war Wahrwerden angesagt, heute wurde der Traum ein Produkt zum Preis von 11,90 Euro. Henning ging an die Kasse des Comicladens, schaute beiläufig zum Fenster hinaus und sagte: «Hoax. Müsste heute erschienen sein, ich hab was drüber gelesen. Soll der Hammer sein.»

10 000 Stück hatte der Verlag gedruckt und auf Buchläden, Comicläden, Bahnhofsbuchhandlungen verteilt. Wochenlang hatte Henning überarbeitet, korrigiert, geändert, hatte Augen, Münder und Werners Höllenmaschine hingeworfen, hatte Martha ein paarmal abwesend über den Bauch gestreichelt. Wochenlang größte Selbstzweifel, Angstzustände; besonders in den Nächten, als der Band bereits im Druck war, hatte es schlimm um ihn gestanden; er war hochgeschreckt in den Morgenstunden, die besten Ideen waren ihm erst jetzt gekommen, er hatte alles ändern wollen, alles stoppen, einstampfen, von vorn beginnen. Halb wahnsinnig war er geworden, hatte sich erwischt bei Interviews und Dankesreden auf dem Weg zum Bäcker, reiß dich zusammen, reiß dich verdammt nochmal zusammen, hatte er gedacht und zwei Croissants gekauft, dazu einen halben Liter Kakao, obwohl er niemals Kakao trank.

Er hatte seinen Anzug angezogen, sich auf den Weg gemacht, sich auf den Tischen liegen sehen wollen, zwischen all dem Mangagerümpel, war gleich in den ersten Laden gegangen, aber dort lag kein Hoax, weder auf noch unter dem Tisch. Henning war die Regale abgelaufen und hatte dort unter B wie Berger zwei Exemplare entdeckt, insgesamt drei Zemtimeter dick. Wer sollte die finden, war die Frage.

Lange durchstreifte er das kleine Geschäft, überall Figuren, T-Shirts, Plakate, Verkaufsständer, ein Comicladen wie ein Dachboden. Mit dem Buch allein sei kein Geld zu machen, hatte auch sein Verleger zu ihm gesagt und sich trotzdem alles Weitere für den Erfolgsfall aufgehoben, das würde dann ratzfatz gehen, hatte er behauptet, die gesamte Merchandiseschiene wäre immer standby, da solle er sich mal keine Sorgen machen, von jetzt auf gleich geht das, wenn denn.

In den letzten vier Wochen hatte Henning drei Interviews gegeben, zwei Onlinemagazine und ein Studentensender; seines Wissens kündigte sich ein Durchbruch anders an. Auf der Messe hatte er zwischen Pokémons, Rittern und Diddlmäusen gestanden, sich mit Transformers Kämpfe in der Schlange vor dem Klo geliefert und sich geweigert, ein magisches Schwert zu tragen. Persönlich hatte Henning von etwas, das sich Erfolg nannte, zwar nur eine verschwommene Vorstellung, aber über die Jahre hatte er sehen können, wie zwanzigjährige Mädels in Wollstrumpfhosen zu Entdeckungen aufgebaut wurden, er hatte Fotostrecken gesehen, erste Comicstrips exklusiv bei *Spiegel online*, die einschlägigen Magazine und der ganze Lifestyle-Krempel dazu. Er hatte Plakate gesehen, Flyer, Release-Partys, Release-Partys mit Signierstunde, mit DJ, mit Taschenkontrolle, Gästeliste, mit Performance aus Island, nackten Hintern aus Tokio. Henning hatte genug gesehen, um es demonstrativ zu meiden, auch wenn das keine Sau interessierte. Früher hatte er manchmal ganze Werbestapel mitgenommen, nur um sie zu Hause in die Altpapiertonne zu treten, doch das hatte sich gegeben mit der Zeit, Resignation hatte die Wut abgelöst. Nur Martha hatte am Anfang noch von Selbstaufgabe gesprochen, schließlich das Thema aber komplett ausgespart. Es war stiller geworden damals am Küchentisch.

«Hoax? Nie gehört.»

«Könntest du mal nachschauen? Hoax. Zeichner habe ich vergessen, ist ganz neu.»

«Hoax …»

Der Typ war höchstens fünfundzwanzig, sah aus wie zwölf und hatte sich offensichtlich in seiner Tiefschlafphase an den Arbeitsplatz geschleppt.

«Wie der Hoax, oder was?»

«Genau. Hoax wie der Hoax.»

«Hmm», er sah auf den Bildschirm und nickte vor sich hin. «Ja», sagte er schließlich, «müssten wir haben.» Dann hob er den Kopf und blickte sich im Laden um. «Nur wo?» Wieder sah er auf den Monitor. «Berger heißt der Kerl. Nie gehört.» Er schien nachzudenken. «Schon mal unter B nachgeguckt?»

«Nee, woher denn.»

Henning wartete an der Kasse, während der Junge sich durch den Laden wühlte und schließlich fündig wurde. «Hier, zwei Stück!», rief er, und Henning rief zurück:

«Das reicht nicht, ich brauche zehn! Große Familie, weißt du, die Welt ist voller Neffen.»

In jedem einzelnen Laden würde er das tun, und wenn es das Letzte wäre, was er täte. Er würde die nächsten Tage durch diese ganze verdammte Scheißstadt laufen und in jedem Laden zehn Hoax bestellen, er allein würde sein Buch in Umlauf bringen; der Erfolg kommt nicht von selbst, von ehrlicher Arbeit schon gar nicht, das war bekannt seit Generationen.

«Sag mal, wenn dich so was interessiert, hätte ich was viel Besseres, aus den Neunzigern. Das ist wirklich Kult, das musst du lesen. Mann, das muss 'ne echte Offenbarung gewesen sein, damals.»

Jon saß in seinem Wohnmobil und blätterte in einem Magazin, das ihn als einen von zehn kommenden Shootingstars abgelichtet hatte. Seine Nasenlöcher kamen ihm ziemlich groß vor. Je länger er das Bild betrachtete, desto erdrückender wurde das Gefühl, überhaupt nur aus Nasenlöchern zu bestehen, und drum herum Fett, das sich in einen menschlichen Körper gepresst hatte, mit ein paar Haaren obendrauf, dünne Haare, wie es ihm schien.

Er überprüfte sein Bild im Spiegel, sah sein Gesicht an und entdeckte die Erschöpfung darin schon jetzt. Es war der dritte Drehtag, mehr Tage hatte er als Leiche nie gehabt, aber das Problem waren auch nicht die Stunden und Tage, nicht der fehlende Schlaf, das nächtliche Aufstehen, das Problem war der Zweifel, der sich in ihm festgefressen hatte, ein Zweifel, der zur Furcht geworden war. Furcht zu enttäuschen. Von allen möglichen Enttäuschungen war die bitterste jene, die seine eigenen Vorstellungen betraf. Jon wollte nicht weniger als die größte Entdeckung des Jahrzehnts sein, und ganz nebenbei wollte er es allen heimzahlen, die nicht an ihn geglaubt hatten. Wenn du es jetzt nicht bringst, dachte Jon, bist du am Ende. Man erholt sich nicht von den Träumen, die man verloren hat. Wenn du einen Traum verkackst, bist du erledigt.

Seine Maskenbildnerin kam kichernd in den Wagen, und Jon wusste wirklich nicht, warum alle Maskenbildnerinnen ständig kicherten. In diesem Moment fiel es ihm schwer, das nicht persönlich zu nehmen. Aber was war schon witzig an dünnen Haaren und großen Nasenlöchern. Maskenbildnerin müsste man sein, dachte er und sagte es auch, als sie sich über seinen Kopf beugte und den Bart eincremte. Sie kicherte heftiger.

«Dann wollen wir mal», sagte sie, «heute kriegen wir ja den Nobelpreis.»

Er schaute in den blauen Himmel, nicht einmal Wolken, dachte Henning, kein einziges Wölkchen. In acht Läden war er gewesen, hatte achtmal den Titel buchstabiert, dreimal sogar seinen Namen, an dem es eigentlich nichts zu buchstabieren gab, hatte seinen Band aus den Regalen gezogen und heimlich auf die Tische gelegt, Bestellungen aufgegeben und am Bahnhof ein Bier getrunken. Nicht gleich die Hoffnung verlieren, das kann sich alles noch entwickeln, so was braucht Zeit – Wochen, Monate, manchmal Jahre. Manchmal erst nach dem Tod. Da konnte er also immer hübsch weiterhoffen, ein Leben voller Hoffnung stünde ihm bevor.

Er streckte sich auf der Parkbank aus, legte das Jackett unter seinen Kopf und schloss die Augen. Konnte ja alles noch kommen. Absolut lächerlich.

In Band sechs war vom Römischen Reich nicht mehr viel übrig. Ihr Körper war schwer und unbeweglich wie eine Rüstung geworden, draußen brachte sich der Sommer in Position, verfrühte Mücken und erste Gauklerfeste beschmutzten die Tage, die Betty zwischen Badewanne, Sofa und Bett verbrachte. Ein letztes Mal kontrollierte sie die Leitung ihres Telefons, schaltete den Computer an, im Postfach zerbrach eine Ehe (1-Zimmer-Wohnung gesucht), wurde eine hässliche Tochter geboren (3240 Gramm), feierte einer Premiere (20:00 im Arsenal), dazu fünfzehn Werbe-Mails (Viagra, Casino, Rolex) und eine Olga auf der Suche nach aufrichtiger Liebe (Fur mich in der Einsamkeit ich verwelke wie das Blumchen).

Betty betrachtete lange das Foto mit dem russischen Model, rosa Haarband, pinkfarbene Bluse, ausgestreckt auf einer Wiese liegend. Armes Olga, dachte sie, bevor sie die Werbe-Mails löschte und danach alle anderen. Die gesendeten zuerst, all die nächtlichen Nachrichten, rotweinschwere Geständnisse tiefempfundener Freundschaft, die sie am nächsten Tag allesamt vergessen hatte oder die zu vergessen sie sich wünschte. Wie oft hatte sie E-Mails abfangen, zurückholen, wieder runtersaugen wollen, wie oft die guten alten Zeiten der Briefzustellung vermisst. Sie hatte Postbotin werden wollen damals, als sie noch glaubte, dass es außer Liebesbriefen und Lotteriegewinnen nichts zu verschicken gab.

Sie schaute auf den Bildschirm, es dauerte nur wenige

Minuten, bis der erste Ordner vollkommen leer war. Als sei es tatsächlich möglich, so etwas wie Vergangenheit zu löschen. Sie sah dem Balken dabei zu, wie er zu seinem Ende lief.

Ruhiges, gleichmäßiges Bewegen hatte der Arzt empfohlen, und so fuhr Martha mit dem Rad, sie rollte, ganz ohne anzuhalten, durch den beginnenden Sommer, durch die Straßen, über Zebrastreifen und rote Ampeln, an den stehenden Autos vorbei, an den Stoppschildern, den Blitzgeräten; sie glitt durch die Stadt, und nichts konnte sie aufhalten. In ihrem Bauch herrschte Ruhe. Lupo hatte sich festgesetzt und wuchs zu ihrem eigenen Erstaunen völlig normal. Auf dem letzten Bild hatten sie schon die Finger sehen können, auch wenn Henning vor Schreck die Augen zusammengekniffen hatte und darauf beharrte, dass es auf diesem Bild nichts, absolut nichts zu sehen gab außer etwas, was entfernt einer Erdnuss glich. Es war noch am selben Abend gewesen, dass sie beobachten konnte, wie er das Bild im Licht seiner Schreibtischlampe betrachtete. Mit spitzen Fingern hatte er es angefasst und nach allen Seiten gedreht, ein Oben gesucht und gefunden, er hatte es auf den Tisch gelegt, sich ein Blatt Papier genommen und damit begonnen, es abzuzeichnen. Mit gekrümmtem Rücken saß er auf seinem Stuhl und zeichnete eine flauschige Erdnuss. Martha hatte hinter der Tür gestanden und den Atem angehalten, die Wohnung war zu still gewesen für Bewegungen.

Es war kurz vor vier, als sie den Sender erreichte und hoffte, dass die Welt sich heute zurückhalten würde, dass dieser ganze elende Haufen stillhalten würde, dass es außer Wirtschaftskrise, Anschlägen im Irak und Sportergebnissen nichts zu melden gäbe.

Sie stand in der kleinen Kabine, es roch nach Schweiß, der in den antistatischen Teppich eingesickert war, sie meinte Spuren von Spucke am Mikrophon zu erkennen, Reste von Fäden und Tropfen, winzige Partikel. Es war nur ein Ziehen im Bauch. «16 Uhr. Guten Tag. Der Handelskonzern Arcandor, mit den Tochterfirmen Karstadt und Quelle, hat keine andere Möglichkeit mehr gesehen: Er meldete heute Insolvenz an. Auch die letzten Bemühungen», es krampfte in Marthas Bauch, ihre Hände krallten sich am Pult fest, der Schmerz steuerte auf ihr Herz zu, nahm ihr die Luft. Vor ihren Augen die grüne Lampe über dem Mikrophon, «staatliche Hilfen zu bekommen, waren zuvor gescheitert.» Sie drückte das Mikro aus und warf ein Stöhnen in die kleine Kabine. Ihr Körper krümmte sich, die Stille im Studio, fast eine halbe Minute nicht auf Sendung, fünfundzwanzig Sekunden Schweigen aus 150 000 Radios in der Stadt. Der Schmerz gab nach, Martha atmete ruhig und richtete sich auf, eine Hand auf ihrer Schulter, Wetter und Verkehr brachte ihr ein Glas Wasser, stützte sie auf dem Weg zu den Toiletten, und sie schüttelte den Kopf, konnte niemanden in ihrer Nähe haben, wollte nur allein sein.

Martha sah das gefärbte Wasser unter sich, als sie die Beine öffnete, und wollte das nicht sehen, wollte nicht wissen, was passierte, in diesem Moment, als ein nächster Krampf sie nach vorn drückte, ihre Hände umklammerten die Knie, sie weinte mehr, als sie atmete. Martha drückte die Beine zusammen, zog den Bauch ein, ihr Körper umklammerte es, festhalten, dachte sie, das muss man doch festhalten können, bleib hier, bleib verflucht nochmal hier drinnen, halt dich gut fest, wir schaffen das schon.

Er hatte seine Beine übereinandergeschlagen, saß gebeugt an dem kleinen Cafétisch und rührte ein drittes Päckchen Zucker in seinen Espresso. Henning rührte und rührte, während seine linke Hand nach der ausgebreiteten Zeitung griff und sie langsam zerknüllte. Er spürte seine Muskeln hart werden, und in seinem Gehirn schien es zu knacken, vielleicht kam das Geräusch auch von seinen Zähnen, die so kräftig aufeinanderbissen, dass seine Kiefer schmerzten.

Ein kleiner, dünner und sich selbst für besonders klug haltender Junge, so zumindest stellte Henning sich das vor, hatte einen Verriss seines Comics im Feuilleton einer großen Tageszeitung platziert, der an Eitelkeit schwer zu überbieten sein würde. Als vollkommen talentfrei wurde Henning beschrieben, den Zeitgeist um zwei Jahrzehnte verfehlend, mit dem Humor eines Greises, der Geschwindigkeit eines Museumszuges und der Spannung eines Pixi-Buches. «Die lahme Ente» war die Überschrift, direkt darunter ein Foto von Henning mit halbgeschlossenen Augen und aufgeblähten Backen. Er war sich sicher, dieses Foto niemals freigegeben zu haben, er hatte es niemals zuvor gesehen. *Copyright: privat* stand am rechten Rand. Privat. Hagel und Granaten!

Langsam zerriss er die Seite, immer kleiner, feiner, formte Kügelchen daraus, große, trockene Pillen, die er schluckte, mit Espresso in den Magen spülte, wo sie sich wie Geröll aufeinandertürmten. Ich fress eure Kugeln, aber hallo.

Als trüge er ein Massiv im Bauch, erhob sich Henning und trat den Rückweg an. Er musste laufen, musste den Weg rennen, es pochte hinter seinen Augen, er konnte sich nicht erinnern, jemals in seinem Leben so viel Lust auf eine anständige Prügelei gehabt zu haben, mindestens zehn Mann würde er brauchen auf der Gegenseite, ihm alle körperlich überlegen. Henning rannte, ballte die Hände zu Fäusten, bis die Haut über den Knöcheln weiß wurde, und schlug mehrmals kräftig gegen einen Baum, der zu feige war, sich zu wehren, der Drecksarsch. Kurz hatte er das Gefühl, die Blätter würden heulen.

Er lehnte sich gegen den Stamm, holte sein Telefon aus der Tasche, hörte sich dreimal Marthas Stimme auf ihrer Mailboxansage an, eine Nachricht fiel ihm nicht ein. «Hallo, Martha», sagte er beim dritten Mal, überlegte dann eine Weile, wie er ihr sagen könnte, warum er anrief, dass sein Band rasant den Bach runterginge nämlich, dass er langsam, aber sicher jeden Glauben verlor und dass ihn das stinksauer mache, dass er ständig an das elende Nordkorea denken müsse, sagte schließlich: «Tschüss», und vergaß aufzulegen.

Er ließ das Telefon wieder in seine Tasche gleiten und ging in den Würgeengel, wo er allein am Tresen saß. Auch hinter dem Tresen war niemand, der Barmann zog sich im Getränkekeller ein schwarzes Hemd an und band sich die Krawatte.

Henning holte das Telefon wieder heraus, sah die stehende Verbindung, horchte, hörte nichts. «Martha? Bist du da?» Er sah auf die Uhr, bemerkte, dass er in einer eigentlich noch geschlossenen Bar saß, legte auf und wählte Jons Nummer. Die Mailbox war sofort dran, und diesmal versuchte er gar nicht erst, eine Nachricht zu hinterlassen. Sein Blick streifte die Flaschen gegenüber, der Barmann war hinaufgekommen und überprüfte im Spiegel den Sitz der Krawatte. «Was bekommst du, Henning?»

Es war nicht der Nobelpreis, den er bekam. Oder die Nominierung zum Deutschen Filmpreis, auch nicht das Angebot, eine Literatursendung im Dritten Programm zu moderieren. Während die Maskenbildnerin versuchte, sein Haar fülliger aussehen zu lassen, kam der Produzent in den Wohnwagen, stellte sich schweigend in den Türrahmen, so lange und nachdrücklich, bis sie sich entschuldigte, den Wagen verließ und leise die Tür hinter sich schloss.

Im Spiegel sah Jon den Produzenten auf und ab gehen, letzte Woche hatten sie noch zusammen getrunken, in einem Lokal mit gestärkten Tischdecken und ausgezeichnetem Obstler, hatten sich gegenseitig auf die Schultern geklopft und vom Wahnsinn des Marktes gefaselt, von Projekten, Projekten und Projekten. Doch das war passiert in einem anderen Leben, wie es Jon erschien, zu einer Zeit, als er noch eine große Hoffnung gewesen war, für die jetzt die Beweise fehlten.

«Wir haben gestern die Muster gesehen, Jon», setzte der Produzent an, «die Rede, die du hältst im Hörsaal ... Das ist nicht meine Entscheidung, Jon. Überhaupt nicht meine Entscheidung, ich habe getan, was ich konnte, aber der Sender hat Bedenken, was soll ich sagen, Bedenken, Bedenken stimmt nicht ganz, Bedenken hatten die vorher. Jon, pass auf, es ist so: Der Redakteur hält dich nicht für den Richtigen, er sagt, wie soll ich sagen –» Er bückte sich und blickte aus dem kleinen, getönten Fenster hinaus. «Der Redakteur sagt, er nehme dir die Intelligenz nicht ab, die Kreativität, das Genie, was weiß ich. Außerdem hält er die Unähnlichkeit für frappierend.»

Er ließ sich auf ein braun-grün gemustertes Polsterkissen fallen, schlug die Beine übereinander und sah zu Jon hinüber, der mit offenem Mund an seinem eigenen Spiegelbild vorbeistarrte.

«Das ist ein Desaster, nicht nur für dich. Ich meine, stell dir mal die Scheiße vor, in der wir jetzt stecken. Was das kostet. Gegen so was ist ja auch keine Sau versichert. So was habe ich in meiner ganzen Karriere noch nicht erlebt. Öffentlich-rechtlich», fluchte er, «Arsch offen haben die doch.»

Sehr weit entfernt hörte Jon, wie die Beleuchter ihr Zeug einluden. Sehr weit entfernt sah er, wie der Produzent sich erhob. «Wird schon, Jon, wird schon. Draußen wartet dein Fahrer. Lass dir Zeit.» Er boxte ihn gegen die Brust mit müder Hand und verschwand aus dem Wagen.

Wie dieser Scheißbart juckt, dachte Jon und griff nach dem Rasierer. Langsam und entschlossen setzte er ihn an, mit jedem Haar, das verschwand, fühlte er sich leerer und keinesfalls leichter, noch nie war Rasieren so schmerzhaft gewesen.

Als er die rechte Hälfte des Bartes geschafft hatte, gab das Gerät auf. Es surrte ein letztes Mal, wie auch die Lampen am Spiegel ein letztes Mal flackerten, bevor es endgültig dunkel wurde im Wagen. Draußen rollte jemand die Kabel zusammen und fluchte dabei.

Nein, da sei nichts zu sehen, das könne man mit Sicherheit nicht sagen, da müssten sie an ein anderes Ultraschallgerät, und das tue ihr auch sehr leid, aber das bessere Gerät befinde sich leider direkt neben dem Kreißsaal. Martha hatte in der Notaufnahme gestanden, *Ich glaube, ich verliere mein Kind* gesagt und *Bitte nehmen Sie Platz* zur Antwort bekommen, aber sie hatte nicht sitzen können und war den Gang auf und ab gelaufen, an ihren Oberschenkeln trocknete das Blut. Man hatte sie in ein Behandlungszimmer gebracht, eine Schwester fragte, ob sie jemanden informieren solle, den Vater eventuell, sehr vorsichtig fragte sie das, und Martha konnte gar nicht mehr aufhören, mit dem Kopf zu schütteln, und nach einer Stunde war eine Ärztin im Praktikum aufgetaucht.

«Ich sehe keinen Herzschlag», sie drehte den Monitor näher zu sich. «Ich kann da nicht einmal etwas erkennen, was einer embryonalen Anlage gleichkommt», sagte sie, schaute schon in den OP-Plan und meinte schließlich, dass sie da aber Glück hätte.

Kurz darauf lag Martha auf dem Rücken, ihre Beine waren gespreizt, die Oberschenkel lagen auf den metallenen Stützen, ihr Bauch fühlte sich aufgebläht und hart an. Sie blickte hoch, zwischen ihren Knien hindurch zu den OP-Leuchten, Menschen in grünen Kitteln, mit Hauben und Mundschutz kreuzten ihren Blick, im Hintergrund fluchte der Anästhesist ins Telefon, dass ja wohl nicht angehen könne, dass jetzt kein Operateur da sei, schließlich liege die Patientin seit geschlagenen zwanzig Minuten im Saal.

Martha schloss die Augen und interessierte sich nicht dafür, wer ihr immer wieder über den Arm streichelte; von fremden Menschen über Arme und Beine gestreichelt zu werden hatte noch nie etwas Beruhigendes gehabt; wenn ausgerechnet Ärzte zärtlich werden, steht es ganz schlecht um dich, und wenn sich diese Zärtlichkeit auch noch mit Schweigen paart, hat man verloren.

Martha sah zu ihrer linken Seite, wo eine männliche Stimme zu ihr sprach: «Wir werden Sie jetzt in Narkose versetzen, Frau Bach. Sie brauchen keine Angst zu haben.» Das nächste Streicheln an ihrem Oberarm folgte, und Martha meinte sehen zu können, wie sie selbst nickte, wie sie fast unhörbar ein Ja ausstieß, obwohl sie am liebsten gerannt wäre, hinaus aus dem Saal, in eine andere Dimension, wo all das nicht passierte, aber alle vier Gliedmaßen waren mit Ledergurten an das Metall gebunden.

Ganz still würde es sein. Ein Zimt-Orangen-Bad, glatte Beine und Achseln, Kerzenlicht, Townes Van Zandt, Band sechs auf den letzten Seiten, ein großes Glas Whiskey oder zwei, reichlich Tabletten. Sie hatte alle aus den Packungen genommen und auf dem Badewannenrand aufgereiht, die gegen Migräne genauso wie die gegen Entzündungen, Rückenschmerzen, Bauchschmerzen, Kopfschmerzen, Gliederschmerzen, sogar welche gegen Gürtelrose hatte sie gefunden, obwohl sie nie Gürtelrose gehabt hatte, zumindest konnte sie sich nicht erinnern. Sie hatte gar nicht gewusst, dass sie so viele Tabletten besaß und dazu noch die aus dem Krankenhaus, das alles zusammen würde schon etwas ergeben, da würde sicher etwas Heilendes bei rauskommen, endgültig.

Betty wollte nach ihrem Tod nicht gelesen werden: Sie holte ihre Tagebücher und nie abgeschickten Briefe aus den Schubladen, es waren weniger, als sie gedacht hatte, in den letzten Jahren hatte sie nahezu vollständig damit aufgehört, die ewigen Wiederholungen waren ihr erst albern erschienen, später war sie schlicht genervt gewesen. Die Wiederholung gehörte zu den erbärmlichsten Dingen im Leben. Wie sollte das Alter möglich sein, ohne sich zu wiederholen, da nützte es wenig, wenn die Erfahrungen ihre Namen und Orte wechselten. Alles wurde, was es schon einmal gewesen war, der Horizont sah überall gleich aus. Die Jugend ist etwas Wunderbares. Es ist eine wahre Schande, dass man sie an die Kinder vergeudet. Und dass ihr jetzt bloß noch Kalendersprüche einfielen, war eine Bestätigung dieser ganzen Farce, die es eigentlich längst nicht mehr gebraucht hätte.

Abgestellt auf einem Kellerflur, von irgendwoher Stimmen und an der Wand eine Uhr, die ihr zeigte, dass seit der Narkose nicht einmal dreißig Minuten vergangen waren. Neben sich sah Martha einen Fetzen Weiß, hörte das Entriegeln der Räder; das Bett rollte Richtung Fahrstuhl, Neonröhren an der Decke, an ihrer Hand noch der Zugang, Mullbinden zwischen ihren Beinen. Im Gegensatz zu ihrem Körper war ihr Verstand hellwach, sie versuchte einen Arm zu heben, mit den Beinen zu strampeln, sie wollte auf der Stelle hier weg. Von hinten drückte sie jemand ins Kissen, «Ganz ruhig» hörte sie wieder, immer sollte sie ruhig bleiben, immer wenn alles außer Kontrolle geriet, sollte man sich nicht bewegen, ruhig liegen bleiben, bis alles über einen hinweggezogen war oder eh nichts mehr von einem übrig.

Sie wurde in ein Zimmer geschoben, wo ihre Kleider gefaltet auf einem Stuhl lagen. Die Taubheit wich langsam aus ihrem Körper. Noch während die Schwester das Bett an die Wand rückte, griff Martha nach ihrer Tasche, schaltete das Handy an und wählte, es klingelte lange.

Jetzt ist es zu spät, dachte Betty, jetzt ist es einfach mal zu spät, ich bin ab sofort nicht mehr erreichbar, ihr hattet eure Zeit. Nein, sie würde auch nicht nachsehen, wer da anrief, das war ihr egal. Sie stand in der Küche und wartete, dass es aufhörte, warf die Tagebücher und Briefe in die Spüle; mit dem Streichholz zündete sie sich zuerst eine Zigarette an und dann das gesammelte kleine Leiden, Leiden in Leinen, dachte sie, ging über den Flur und ließ das Badewasser ein.

«Gib mir Mezcal!», schimpfte Jon.

«Gibt's hier nicht. Hier gibt es nur Bier und Schnaps.»

«Na, wenn Mezcal kein Schnaps ist, soll mich der Teufel holen.»

Der Barmann beugte sich zu ihm über den Tresen. «Kann es sein, dass der dir verdammt nah auf den Fersen ist?»

«Möglich.»

«Bier oder Schnaps oder gehen? Was willst du?»

«Mezcal.»

Wenn er sich nicht täuschte, würde der Barmann bald die Beherrschung verlieren, und das wäre zu diesem Zeitpunkt ganz sicher nicht von Vorteil. «Warte», sagte er, betrachtete die Flaschen, es waren nur sieben oder acht, und entschied sich mit einigem Bedauern für Jägermeister. «Der wird mich wieder hochbringen», meinte er, «einen Doppelten, auf Eis.»

«Gibt kein Eis.»

Wie war er hierhergekommen, wie hatte er es schaffen können, die Tür zur miesesten Kneipe der Stadt aufzustoßen, kein Mezcal, kein Eis, nicht einmal Gäste. Der doppelte Jägermeister wurde millimetergenau auf den Eichstrich eingefüllt. Ein geiziger Barmann war eine Strafe Gottes.

Jon nahm das Glas, trug es zu dem Tisch direkt neben den Toiletten und trank es dort im Stehen. Alles war klebrig, der Boden, der Schnaps, seine Hände, sein Gesicht, sogar die Luft hier klebte. Er rüttelte an der Toilettentür, hätte sie fast herausgerissen, wäre von hinten nicht wieder die Stimme gekommen, gekrochen durch diesen klebrigen Morast.

«Du musst dir hier den Schlüssel holen. Könnt ja jeder kommen!»

Wortlos schleppte Jon sich zum Tresen, streckte die Hand aus nach dem winzigen Schlüssel, an dem ein kiloschwerer Holzscheit hing, auf dem das Wort Donnerbalken stand. Dieser Typ hatte einen Humor, für den Jon schon immer unempfänglich gewesen war, sie konnten beide von Glück sprechen, dass er noch nicht in die Phase des Größenwahns eingetreten war, in der ein solches Stück Holz in seiner Hand eine kritische Sache gewesen wäre.

Als er die Tür öffnete, schlug das Neonlicht wie eine Bombe in seinem Hirn ein: Der Raum war weiß gekachelt, strahlend weiß, selbst die Fugen blitzten, und die linke Seite wurde vollständig eingenommen von einem Spiegel, der wahrscheinlich schon alles gesehen hatte, wobei es Jon vorkam, als würde die gesamte

Fläche bei seinem Eintreten erschrocken zusammenzucken.

Seine Hände umklammerten das Waschbecken, er beugte sich vor, bis er sein Gesicht nur noch in Ausschnitten betrachten konnte, es schien ihm die einzige Möglichkeit zu sein, diesen Anblick auszuhalten. Unter den Augen tiefbraune Schatten, seine Haare, Stirn und Wangen von Blut bedeckt, und obwohl er sich dunkel daran erinnern konnte, dass es nicht echt war, dass er sich dieses Gesicht selbst gemalt hatte, spürte er ein Ziehen tief unter der Haut.

Nachdem Produzent und Strom den Wohnwagen verlassen hatten, war in Jon der Wunsch nach Zerstörung aufgekommen, sehr ruhig war er vorgegangen und sehr gewissenhaft. Er hatte die Tasche der Maskenbildnerin ausgeschüttet, hatte dort die Flasche mit dem Kunstblut gefunden, es auf Kopf und Körper verteilt, sich die Augen schwarz gemalt, mit einer Schere seine Garderobe zerschnitten und später auch die Sitze aufgeschlitzt, er hatte die Seiten seines Drehbuchs einzeln zerrissen, mit erhobenem Kopf den Wagen verlassen und sich schließlich auf den Weg in die nächste Kneipe gemacht. Wenn er jetzt daran zurückdachte, hörte er noch Stimmen seinen Namen rufen, Schritte, die ihm gefolgt waren, das alles war nur noch ein Hall, ein entferntes Gelächter.

«Sie haben bei uns die Möglichkeit, Ihr Kind beerdigen zu lassen», sagte die Schwester an Marthas Bett. «Wenn Sie zu der Beerdigung eingeladen werden möchten, müssen Sie auf diesem Zettel nur ein Kreuz bei Ja machen und das Unterschreiben nicht vergessen.» Sie hielt ihr das Papier vor das Gesicht, in der anderen Hand einen Stift. «Aber Sie müssen natürlich nicht. Ganz wie Sie möchten.»

Martha starrte und nickte, Ihr Kind, mein Kind, sie verstand nur langsam, das Einzige, was sie gesehen hatte von ihrem Kind, war eine pulsierende Erdnuss gewesen, die plötzlich nicht mehr pulsierte und nicht mal mehr die Form einer Erdnuss hatte, da war nur noch ein körniger Schleier auf dem Ultraschallbild, ein technischer Defekt. Bisher hatte sie nichts gewusst von derartigen Sammelbeerdigungen, ob es da Särge gäbe, fragte sie sich, Särge groß wie Streichholzschachteln, und wie viele das wohl wären und ob man Schwarz tragen würde und einen Kranz dabeihätte.

«Möchten Sie noch etwas essen?»

Martha drehte sich zur Seite, machte ihr Kreuz bei Nein und unterschrieb. «Ich habe keinen Hunger, danke.» In ihrem Rücken wurde die Tür geschlossen, durch den Raum waberten Liebesbeteuerungen aus den Kopfhörern der anderen Patientinnen, mit großen Augen starrten sie auf ihre Fernseher. Durch Martha hatten sie nur einmal kurz hindurchgesehen. Sie wünschte sich Schmerzen, alles sprengende und alles vergessen machende Schmerzen, nur nicht dieses Fehlen, das Nichts in ihrem Körper, das Nichts-mehr.

Mit schwacher Hand nahm sie ihr Handy, wählte wieder, ließ es klingeln, legte auf, wählte erneut, und beim vierten Mal hörte sie schließlich ein leises, entfernt klingendes «Was?».

«Hol mich hier raus», sagte Martha. «Hol mich sofort hier raus, bitte.»

Henning wunderte sich, dass man vor Verzweiflung so schwitzen konnte. Den Anzug würde er in die Reinigung geben müssen, auch sich selbst könnte er gleich dort abgeben, waschen, mangeln und am Kopf ein wenig kürzen. Er benutzte Marthas Massagehandschuhe, schrubbte sich den Dreck ab, von diesem Körper, der jahrelang gesessen hatte, eingesessen. Ein Wunder hatte er erwartet, auf alles andere war er nicht vorbereitet gewesen.

Er legte sich seinen Bademantel um, fand im Küchenregal eine Tafel Mandelschokolade und stellte das Radio auf Marthas Sender ein. Wann er ihn das letzte Mal hier zu Hause gehört hatte, daran konnte er sich nicht erinnern, und die elend vorgetäuschte gute Laune des Moderators machte ihn heute erst recht aggressiv.

Henning verließ die Küche, warf einen Blick in sein aufgeräumtes Zimmer, in der Ecke das erste Pappmodell einer Wiege, auf dem Tisch der Karton mit den Freiexemplaren vom Verlag, die er mit dem rechten Arm zu Boden fegte, schon das Cover war ein Haufen Dreck: Hoax strudelnd in einem Datenstrom, erbärmlich. Tut mir leid, Lupo, dachte er, tut mir wirklich leid, aber ein guter Kerl bin ich trotzdem, versprochen.

Aus der Küche drang, wie immer vor den Nachrichten, der angejahrte Spot für ein Autohaus, dessen Namen er noch immer nicht wusste, höchstens im Schlaf. Er stellte lauter und lehnte sich an die Spüle. Nur ihre Stimme hören, das würde schon genügen, das könnte helfen. «20 Uhr. Guten Abend. Die Nachrichten mit Jürgen Bartsch. In der heutigen Sitzung hat der Bundestag entschieden …»

Der Ton sackte weg, er hörte nichts mehr, mit einem

einzigen langsamen, steifen Schritt ging er zum Radio und stellte es aus, blieb dort stehen, der Arm ausgestreckt am Lautstärkeregler. Es konnte nur einen Grund geben, warum sie nicht im Sender war, nur einen einzigen. Sie hatte nicht mal angerufen, nicht mal jetzt. Er wusste nicht, wie er sich bewegen sollte und wohin, jede Richtung war die falsche, selbst wenn er sich nicht bewegte, ging es bergab.

Von ihrem Körper tropfte das Zimtwasser, es war kalt, und Betty stank nach Duftlampe, sie fühlte sich mehr betrogen denn gerettet, doch ihr Fluchen blieb kurz und nur geflüstert. Noch nie hatte Martha sie gebraucht oder auf irgendeine Art zugegeben, dass sie überhaupt Hilfe brauchen könnte, vielleicht lag es daran, dass Martha von Problemen nichts hielt, sie akzeptierte sie einfach nicht, sie akzeptierte sie in einem Maße nicht, dass sie ihre eigenen nicht einmal wahrnahm. Betty stand nackt im Flur, hielt noch immer das Telefon in der Hand und wusste nicht, wo anfangen. Ein sechs Wochen abgelagerter Körper springt nicht plötzlich los, ein Todeskandidat hat nichts zum Anziehen, keine geputzten Zähne und nicht die geringste Erinnerung daran, wo er den Wagen zuletzt geparkt hat.

Ihre Bewegungen wurden hektisch, sie klemmte sich den Daumen am Kleiderschrank, warf ein halbvolles Weinglas vom Tisch, wusste nicht, wo sie die Tabletten am sichersten verstecken sollte, entschied sich für das Tiefkühlfach, suchte minutenlang den Schlüssel, der im Schloss steckte, und riss sich schließlich die Jacke an der Türklinke ein, als sie aus der Wohnung lief. Draußen wartete das Taxi seit fünfzehn Minuten, und der Fahrer hatte es nun erst recht nicht mehr eilig.

Noch immer war es nicht Nacht, die Dämmerung wie festgekrallt an diesem Tag, der sich weigerte, ein Ende zu nehmen. Auch die Straße nahm kein Ende, sie lachte über seinen Gang, über seine Ausfallschritte, über sein Anhalten, seine vergeblichen Mühen. Dieser Tag war ein harter Knochen, abgefressen, blank geleckt, und Jon wartete auf den finalen Schlag. Er selbst erwartete den Schlag allerdings in Form eines Gibson im Würgeengel, was ihm durchaus zu wünschen gewesen wäre, doch für Jons Wünsche war die Welt oder wer auch immer heute unempfänglich.

Er betrat einen kleinen Laden, kaufte eine gekühlte Dose Bier, die er hinunterstürzte, und versuchte sich an nichts zu erinnern. Sein Gesicht trug noch immer Blutspuren; Wasser und Seife waren nahezu wirkungslos geblieben, hatten seiner Haut nur eine zusätzliche Rötung aufgedrängt, und so kam es, dass die Menschen einen Bogen um ihn machten, die Straßenseite wechselten, ausgenommen jene, die schon genug an sich selbst litten.

Ein paar Meter nur noch, vierhundert, dreihundert, eine Bar wie das Schlauchboot bei einem Schiffsuntergang, es war eine gewonnene Kreuzfahrt, die auf Eis gelaufen war, nicht mehr denken, nur überleben, zweihundert Meter. Er konnte das Schild schon sehen, «Bar» stand da, in Leuchtbuchstaben, unterhalb der Dachrinne an die Fassade montiert, sichtbar nur für die, die es wussten, und für die Träumer unter den Trinkern, die nachts in den Himmel schauten.

Er konzentrierte sich, setzte einen Fuß vor den anderen, hielt den Rücken gerade, so schnell fiel er nicht. Noch drei Schritte. Langsam öffnete er die Tür, nickte dem Barmann zu, richtete seinen Blick auf einen freien Hocker am Tresen und auf nichts anderes, sein Hintern traf die Sitzfläche, seine Hände erwischten die Theke; er schnappte nach Luft und hatte es geschafft, er saß im Boot. Der Barkeeper stellte einen Erste-Hilfe-Kasten dorthin, wo er lieber ein Getränk gesehen hätte.

«Ist nur Maske», sagte Jon, «nichts als Maske.»

«Immer noch die Leiche?»

«Das war die letzte. Bin genug gestorben jetzt.»

Und er bestellte einen Gibson, zog seine Pfeife aus der Tasche, stopfte sie mit dem Tabak, den die Ausstattung noch für ihn besorgt hatte und der reichen würde für einen ganzen Monat.

Schon besser, dachte Jon, als er den ersten, eiskalten Schluck trank. Wie üblich hatte er zu den Silberzwiebeln im Glas noch vier weitere auf einer Untertasse bekommen. Silberzwiebeln funktionierten einzig in der Verbindung mit Gin, und das machte sie so sympathisch.

Er bat darum, den Erste-Hilfe-Kasten zu entfernen, wie sieht denn das aus. Und nein, das tue ihm leid, das Blut gehe nicht so einfach ab, ja, er habe bereits in einen Spiegel gesehen, das tue ihm wirklich schrecklich leid, dafür würde er einen Make-up-Entferner brauchen und den habe er nun gerade nicht dabei, und es sei ihm peinlich jetzt und hier danach zu fragen, das könnte von den Damen schließlich missverstanden werden, wenn man sie fragte, ob sie eigentlich einen Make-up-Entferner mit sich trügen, nein, und höllisch sei für diesen Tag wahrlich untertrieben und überhaupt, wir kennen uns schon so lange, und ein zweiter Gibson wäre ganz nebenbei auch nicht schlecht.

Jon bekam einen Platz am anderen Ende des Tresens zugewiesen, direkt neben der Espressomaschine, er sah nicht hin, grüßte ein paar Leute, nickte, lächelte, war für sich und wollte es nicht sein. Es war noch früh am Abend, rein technisch gesehen war dieser Abend jung, und er wählte die einzige Nummer, die er wählen konnte in einer solchen Situation, aber Henning nahm nicht ab. Wenn Henning nicht abnahm, bedeutete das, dass er entweder gerade ein Huhn flambierte oder Martha mal wieder reden wollte, nicht selten traf beides zusammen. Er probierte es ein zweites Mal, orderte einen dritten Gibson, und dabei fiel ihm ein, dass heute Hennings Band erscheinen sollte und dass sie das eigentlich hatten feiern wollen, und wenn Henning an einem Abend, den er hatte feiern wollen, nicht ans Telefon ging, war das eindeutig ein Hilfeschrei. Nichts wie hin, dachte Jon, und: Muss ja auch nicht austrinken. Er nahm dennoch einen großen Schluck, als ihn jemand von der Seite ansprach.

«Weißt du, wie du aussiehst?»

Da hielt sich einer für komisch und konnte es nicht besser wissen.

«Krass», er starrte Jon ins Gesicht und zog seinen Kumpel am Ärmel. «Guck dir das an.» Er trat noch einen Schritt näher an Jon heran, stand direkt vor ihm: «Mann, du siehst echt aus wie … Wahnsinn … original.» Jon nahm noch einen Schluck, lutschte an einer Silberzwiebel, ganz ruhig bleiben, Jon, ganz ruhig. «Voll Grass, ey«, hörte er noch und merkte nicht, wie seine Faust ausholte, wie diese Faust gegen ein fremdes, glattes Kinn rauschte, er hat es nicht gemerkt, auch eine Faust hat einen eigenen Kopf.

Martha saß draußen auf einer Bank und riss eine Zigarettenpackung auf, die erste seit über zwei Monaten, schon im Zimmer hatte sie versucht, daran zu denken, hatte an Rotwein, Zigaretten und Rohmilchkäse denken wollen und dass die Entbehrungen ein Ende hätten, dass sie positiv denken müsse, sie hatte sich gesagt: Sehen wir mal die gute Seite, und die gute Seite war in diesem Fall ein ziemlich schmaler Streifen von Länge und Durchmesser einer Zigarette. Dann wissen Sie jetzt zumindest, dass Sie schwanger werden können, hatte ihr die Schwester gesagt, die durch eine ausgenommen harte Schule des positiven Denkens gegangen sein musste.

Schon vom ersten Zug wurde ihr schwindelig, sie lehnte den Kopf zurück und schloss die Augen, hörte einen Wagen halten, eine Tür, die geöffnet wurde, hörte Schritte, langsam, vorsichtig, spürte wieder eine Hand an ihrer Schulter, dachte, dass sie dort wohl bald Ausschlag haben würde, weil eine Schulter wie ihre so viele Berührungen nicht aushielt. Martha sah in das blasse Gesicht, in Bettys lebensmüde Augen, «Lass uns nach Hause fahren», sagte sie und ließ sich an der Hand zum Taxi führen. «Wo ist dein Auto?», fragte sie, und «Keine Ahnung» war die Antwort. «Ich habe es aus den Augen verloren.»

«Dann nehmen wir meins», sagte Martha. «Wir packen ein paar Sachen und verschwinden.» Auf der Stelle verschwinden, am liebsten gleich ganz auflösen, dachte sie, und dass die Haut nicht dicker wurde mit den Jahren, man schwoll nur langsam von innen an.

«Und Henning? Weiß er es schon?»

«Was?»

«Irgendwas?»

«Nein. Würde ihn wahrscheinlich auch nicht interessieren. Immer nur Hoax, Hoax, Hoax, Ich, ich, ich.»

«Du solltest mit ihm reden.»

«Wenn ich irgendwas nicht will, dann ist es mit Henning reden.» Sie schrie fast.

Es erschien Betty unmöglich, dass sich jemand, der gerade aus einer Vollnarkose erwacht war, so aufregen konnte. Die mussten etwas falsch gemacht haben.

Sie saßen nebeneinander auf der Rückbank im Taxi und erkannten sich kaum wieder. Betty legte Martha eine Hand aufs Knie und sah weiter nach vorn.

«Hast du Schmerzen?»

«Ich habe so was von gar keine Schmerzen, dass es schon wieder wehtut.» Marthas Stimme klang so gereizt, dass der Fahrer zusammenzuckte.

Sie ließ das Fenster an ihrer Seite herunter und blickte in die Dämmerung. Was war passiert, was hatten die mit ihr gemacht, sie regte sich nie auf, sie weinte höchstens, aber jetzt spürte sie nichts, und das machte sie nur noch wütender. Sie wurde verlassen und wusste nicht von wem, sie wurde auf eine Art verlassen, dass von ihr nichts übrig blieb.

«Und wo willst du hin?», versuchte Betty es noch einmal, und Martha sah nur weiter aus dem Fenster.

«Süden, Meer, gebratener Fisch, ich weiß nicht. Der

Norden soll ja auch ganz schön sein. Auf keinen Fall in die Berge.»

«Ich bin eh zu faul für die Berge.»

«Also Norden? Lass uns den Norden nehmen, da soll es still sein.»

«Norden. Aber ich fahre.»

«Tust du nicht. Ich fahre. Du bist betrunken.»

«Das war ich gestern, die Fahne ist alt. Du hast eine Vollnarkose hinter dir.»

«Meine riecht man wenigstens nicht.»

«Ach, Martha.»

«Ich weiß.»

Das Taxi hielt in der Mitte vom Platz, sie verließen es in entgegengesetzte Richtungen. «Beeil dich!», rief Martha noch und ging die wenigen Meter, vorbei an der Pizzeria, der Galerie, dem Optiker, und alles erschien wie gestern hingebaut, ihre Welt nur Kulisse, sie lief hindurch, und aus ihrem Auge drang eine erste Träne, genauso fremd und unvermittelt wie alles andere. Martha wunderte sich über die Schritte, die sie tat, geradezu auf das Haus, in dem sie wohl eine Wohnung hatte, in deren Küche vermutlich ein Mann saß, der seit Jahren mit ihr lebte, den sie abgelegt hatte unter der Rubrik Liebe und an dessen Gesicht sie sich kaum noch erinnerte, das mit verlorengegangen war zwischen Ultraschall und Aufwachraum.

Sie ging den Weg entlang, als sei es das erste Mal seit Jahren, als sei er Teil eines längst abgeschlossenen Kapitels. Die Treppen hinauf, was sollte sie sagen, was gäbe es zu sagen, nur ein paar Sachen packen, dieser Zustand war nicht teilbar, nicht mitteilbar, Sie können Ihr Kind bei uns beerdigen lassen.

Sie öffnete die Tür, hinter der Henning stand und hilflos wartete. Seine Umarmung trug er Martha hinterher, die durch die Räume hastete, Zeug in ihre Tasche warf, als gelte es, ein paar letzte Dinge vor einem Brand zu retten. «Tut mir leid», sagte sie immer wieder und noch einen Satz, der Henning keine Möglichkeit ließ: «Es hat nichts mit dir zu tun.»

«Wo willst du hin?», fragte er und bekam keine Antwort, sie nahm nur ihre Zahnbürste vom Waschbecken und steckte die Paste ein, rannte weiter durch die Räume, hatte keine Ahnung, was sie brauchen, wohin die Reise gehen würde. Weg, nichts als weg wollte sie, ohne ihn, ihn am liebsten gar nicht mehr sehen, weil der Anblick seines Gesichts ihr zum ersten Mal wehtat, die Traurigkeit darin sie an sich selbst verzweifeln ließ.

«Du kannst doch jetzt nicht –»

Sie schob ihn aus dem Weg und warf ein Handtuch in die Tasche. Dass das sein Lieblingshandtuch war, dachte er, und ob ihr das eigentlich klar war, ob ihr überhaupt irgendetwas klar war, ob sie auch nur ahnte, wie sehr er sich gefreut hatte, auch wenn er darüber kaum ein Wort verloren hatte, weil er alles verlor, nur Worte nicht.

«Du musst mal anhalten.»

«Um dann was zu machen?»

«Keine Ahnung. Mich umarmen wäre eine Möglichkeit. Mal nachdenken vielleicht, Luft holen, was weiß ich.» Er versuchte ihr in die Augen zu sehen, «Es ist doch auch mein Kind.»

Gewesen, das ist alles gewesen, vielleicht waren es seine verfluchten Scheißgene, vielleicht taugten die nichts, vielleicht passten sie einfach nicht zusammen, und da würde nie irgendetwas bei rauskommen.

«Ich will nicht mehr denken!», schrie sie, stürmte zur Tür und sah ihn nicht an.

Er versperrte ihr den Weg, das alles war nicht seine Schuld und ihre auch nicht, gemeinsam hätten sie nicht unschuldiger sein können.

«Lass mich durch!» Martha schlug Henning, der sich keinen Millimeter bewegte, mit ihrer Tasche gegen die Knie. «Lass mich durch!», schrie sie noch einmal, und dann waren es keine Worte mehr, die sie brüllte, nur ein einzelner, langgezogener Schrei, nur etwas, was Kraft kostete, nur etwas, was laut war. Unter ihrem Schreien lag das Geräusch der Klingel, dreimal hintereinander, und Henning ging einen Schritt zur Seite, sie riss die Tür auf, rannte die Treppen hinunter, auf die Straße, wo Betty wartete und der Wagen parkte, auf den Martha jetzt zulief, aufschloss, ihre Sachen auf die Rückbank warf und den Motor startete.

«Jetzt steig schon ein», und: «Mal langsam», sagte Betty, die mit ihrem Rollkoffer noch auf der Straße stand.

«Du sollst einsteigen!»

Betty wurde sich immer unsicherer, ob sie das wirklich wollte, und das lag nicht nur daran, dass sie zunehmend an Marthas Fahrtüchtigkeit zweifelte. Sie blickte in Richtung ihrer Wohnung, dachte an die Ruhe dort, daran, dass ihr nur noch drei Seiten von Band sechs fehlten, und: «Scheiße», sagte sie, stieg ein, klemmte den Rollkoffer zwischen die Knie, sie fuhren schon, ihre Tür stand noch immer offen, sie blickte nach hinten und sah Henning aus dem Haus rennen, hatte ihn noch nie rennen sehen und keine Vorstellung davon gehabt, wie schnell er sein konnte.

«Scheiße!», rief sie und zu Martha: «Schneller!», und Martha drückte aufs Gas, und dann brüllte Betty es noch einmal, «Scheiße!», brüllte sie, und «Oh, mein Gott!», gleichzeitig gab es einen Knall, und Martha starrte nach vorn, nahm den Fuß nicht vom Pedal, starrte durch die Scheibe, auf Hennings Körper, der ihr, wie ein gigantisches Insekt auf der Scheibe, die Sicht versperrte. Sie sah nur noch seinen Hintern.

«Dieser Arsch», schrie sie, dann quietschten die Bremsen, und er verschwand von der Kühlerhaube, gefolgt von einem dumpfen Geräusch, bevor es still wurde.

Mit beiden Händen hielt Martha das Lenkrad umklammert, Sekunden, Millisekunden, das Bild stand, niemand bewegte sich. Manchmal ist das Leben ein Foto, auf dem es nichts zu sehen gibt. In diesem Moment wurde es in der Mitte durchgerissen, ein Aufschrei, nicht ihrer, Fremde, die auf das Auto zustürmten, ein Pulk von Menschen, in einer wilden, ungeordneten Bewegung, manche knieten, andere hielten ihren Kindern vorsichtshalber die Augen zu, es wurde geschrien und telefoniert. Heinz kam mit wild fuchtelnden Armen herangelaufen.

«Was seid ihr für Frauen!», schrie er. «Was ist bloß mit euch Frauen los?»

Er kniete sich neben Henning, versuchte das Publikum zu verscheuchen, und Martha saß noch immer hinter dem Steuer und rührte sich nicht, sie konnte nicht, wollte das nicht sehen.

Und plötzlich wurde alles ruhig. Betty und Martha blickten nach vorn, wo die Menge sich teilte, sahen zuerst seine Haare, seine Stirn, Augen, Nase und schließlich sein gottverdammtes Lächeln, er stand vor ihrem Wagen und grinste, er grinste Martha ins Gesicht, von vorn, von der Seite, und ehe sie es begreifen konnten, saß Henning auf der Rückbank und grinste ihnen in den Nacken. «Wahnsinn», sagte er, «nicht eine Feder gekrümmt.»

Er wäre auch freiwillig gegangen, das war nicht nötig gewesen, ihn am Kragen zu packen und vor die Tür zu setzen. Das ist hier nicht der Stil des Hauses, Jon, hatten sie gesagt, ausgerechnet ihm sagten sie das, der den Stil des Hauses seit Jahren kannte, der Stil des Hauses lebte von ihm, er war der Stil des Hauses. Dass man nicht mal in Ruhe einen trinken kann, dass die Leute einen ständig anquatschen müssen, dass nicht einfach alle mal die Fresse halten können.

Er glitt über die Straße, spürte seine Füße kaum, die Welt machte ihm Platz, drückte sich an Hausfassaden, in seinem Rücken das Hupen von Autos, und Jon glitt weiter voran. Immer schneller die Füße, Jon tänzelte, hielt die Fäuste vor das Gesicht, was für ein rechter Haken war das gewesen, bam! Wenn ihm jetzt noch einer in die Quere käme: chancenlos. Jon glitt weiter über die Straßen, Fußweg, Fahrbahn, egal, man machte ihm Platz, man machte ihm den Weg frei, und er schlug sich seine Schneise durch das Viertel. Hier komme ich. Er ließ sich nicht aufhalten, erst recht nicht von einer erbärmlichen Ampel, von irgendeiner Scheißregel, er konnte laufen, wann und wo es ihm gefiel, und er lief und lief.

Betty sah angestrengt aus dem Fenster, bis sie das Geschrei im Inneren des Wagens nicht mehr wahrnahm, bis es nur noch ein Klangteppich war unter diesem falschen Film, in dem sie eine unbezahlte Nebenrolle spielte. Sie wagte dennoch nicht auszusteigen, sie wagte nicht einmal sich zu bewegen, als sitze sie auf einer Bombe, deren Zünder sie war, während Martha und Henning sich ausdauernd beschossen. Es war ein ermüdender Dialog: Du steigst jetzt sofort aus – Nein, das tue ich nicht – Doch – undsoweiter.

Henning hatte sich vorsichtshalber angeschnallt und schien nur darauf zu warten, dass Martha versuchen würde, ihn aus dem Wagen zu zerren, aber das tat sie nicht, sie schrie einfach nur immer weiter, so andauernd und laut, dass Betty nicht gehört hatte, wie der Motor plötzlich wieder lief und Henning erschöpft aufatmete.

An der nächsten Raststätte würde sie ihn rauswerfen, wie einen Hund aussetzen, sie könnte ihn an einer Laterne festbinden, damit er auch sicher gefunden würde. Bestimmt würde ihn jemand mitnehmen, so was Treudoofes wird immer mitgenommen, das lieben die Leute. Nur schnell raus aus der Stadt. Das Gaspedal durchtreten war das Einzige, was Martha jetzt wollte, sie drückte ihre ganze Wut in den Wagen, die sollten sich alle verpissen.

Ein Knall raste durch Jons Kopf, kam von beiden Seiten gleichzeitig, es brannte zwischen seinen Ohren, schlug Flammen, für einen kurzen Moment sah er Gesichter, die er zu kennen glaubte. Es stimmte wohl, dass man sein Leben noch einmal vorüberziehen sah, es war also wahr: Er sah sie alle noch ein letztes Mal vor sich, Henning, Martha, sogar Betty tauchte auf, ihre Gesichter seltsam verzerrt, vor Schmerz sicher, sein Tod würde eine gewaltige Lücke in ihr Leben reißen, er sah sie in diesem elenden Lupo sitzen, in einem Bild zusammengequetscht, sein Gedächtnis sparte selbst noch im Sterben, da spulte sich kein Film ab in Zeitraffer, nein, nur für ein Standbild reichte es, und dann kam auch schon die Abblende.

Es gab drei Fragen im Inneren des Wagens: 1. War das nicht Jon? 2. Ist da etwa Blut an der Windschutzscheibe? 3. Womit habe ich das verdient?

Henning riss sich den Gurt vom Körper und stürzte hinaus, sah Jon dort liegen, reglos, Blut im Gesicht, sein Hemd war durchtränkt damit, und Henning konnte sich nicht rühren, konnte sich nicht hinunterbeugen, und auch Betty, die ihm gegenüberstand, schaute nur auf Jon hinunter, stand ganz starr und schloss die Augen.

«Jon?», fragte Henning leise, «Jon?», den Kopf leicht gesenkt, um ihn hören zu können, wenigstens seinen Atem, «Jon? Jon?»

Die Autos um sie herum hielten an, von weiter hinten wildes Hupen, Fußgänger blieben stehen, Autofahrer stiegen aus, niemand war Arzt. Betty sperrte mit weit geöffneten Armen die Situation ab.

«Jon? Jon? Bist du da? Jon?»

Im Auto saß Martha und weigerte sich. Ein Scherz, dieser ganze Tag ein übler Scherz, alles nur die Parodie einer Parodie, was das Original war, das wusste sie nicht mehr, weit und breit gab es nichts zum Festhalten, die Wirklichkeit war ein längst vergangener Zustand.

«Jon?» Henning hatte sich zu ihm hinuntergebeugt,

suchte den Puls, hielt sein Ohr an Jons Mund, schlug ihm leicht auf die Wangen, einmal, zweimal. Betty stand breitbeinig, mit dem Rücken zu ihnen, einen Meter entfernt und sagte müde: «Gehen Sie weiter, es gibt hier nichts zu sehen.»

Er zuckte. «Henning!» Jon blickte um sich, sah an seinem Körper hinunter, lächelte: «Zu dir wollte ich gerade, alter Freund.» Als er sich unter Stöhnen aufrichtete, drehte Betty sich zu ihnen um, schnaubte und stapfte zurück zum Wagen, stieg ein und knallte die Tür zu.

«Fahr los, Martha, fahr einfach über sie drüber, diese beiden Komiker gehen mir gehörig auf die Nerven.»

«Aber», sagte Martha, «aber der ist doch voller Blut.»

«Der ist Schauspieler, und was für ein mieser.»

In diesem Moment bemerkten sie Henning neben sich, der dabei war, Jon auf die Rückbank zu ziehen. «Wir müssen sofort ins Krankenhaus», sagte er. «Los!»

«Nein», sagten Betty und Jon gleichzeitig, «nicht ins Krankenhaus.»

«Schock», sagte Henning. «Er steht unter Schock, eindeutig.»

«Quatsch, Schock, ich stehe nicht unter Schock.»

«Fahr los!», rief Henning.

«Aber nicht ins Krankenhaus, lass uns einen trinken gehen, Henning.»

«Du bist doch vollkommen im Arsch. Jetzt fahr schon, Martha.»

Und während der Wagen langsam anfuhr, stritten die beiden immer lauter.

«Kein Schock!», rief Jon. «Ich habe keinen Schock!»

«Doch, ich erkenne einen Schock, wenn ich einen sehe.»

«Gar nichts erkennst du, überhaupt nichts.»

«Da klingelt ein Handy», sagte Betty genervt. «Da klingelt die ganze Zeit ein Handy, und meins ist es sicher nicht.»

«Das ist dein Handy, Jon. Dein Handy klingelt.»

«Mir doch scheißegal.»

«Aber es klingelt.»

«Ich bin nicht da.»

«Kann da vielleicht mal jemand rangehen?! Das Ding hört nämlich gar nicht mehr auf zu klingeln.»

Henning fummelte in Jons Jacke herum, «Scheiße, wo ist es denn?»

«Fass mich nicht an.»

«Ich hab es! Soll ich?»

«Ich bin für niemanden zu sprechen.»

«Henning Berger, Apparat Petersen. Was kann ich für Sie tun?»

«Ja ... Nein ... Nee ... der ist gerade kurz ... Nein, also ... Machen Sie sich keine Sorgen. Soll ich ... Ja, ich werde es ihm ausrichten ... Ja. Wiedersehen.»

Er gab Jon das Telefon.

«Deine Mutter. Sie ist sich sicher, dass du bis zum Hals in der Scheiße steckst, und du sollst gar nicht erst versuchen, ihr etwas anderes zu erzählen.»

Jon starrte aus dem Fenster, kratzte sich eine Weile getrocknetes Blut von der Wange und sagte schließlich leise, kaum hörbar: «Ich will nach Hause.»

«Dann steig doch einfach aus, Jon.» Marthas Hände krallten sich in das Lenkrad.

«Nein.»

«Was: Nein?»

«Nein. Ich will richtig nach Hause.»

«Was soll das denn sein?», fragte Betty, ohne ihn anzusehen.

«Nach Hause eben. Ich will …», Jon kratze sich weiter Blut ab. «Zu meiner Mutter will ich.»

«Zu deiner Mutter?» Als könnte sie es nicht fassen. «Wo wohnt die?»

«Am Meer.»

«Süden oder Norden?»

«Na, wenn man es so grob sagen will: Norden.»

Flucht ist immer eine Option

Sie hätte ihn über den Haufen gefahren, wäre sie schneller gewesen. Seit dem heutigen Tag wusste Henning es endgültig zu schätzen, dass sie in einer Spielstraße wohnten. Eine Spielstraße war ein Glücksfall für einen unglücklichen Mann. Es hatte sogar Beifall gegeben aus den Cafés, als er wie ein Westernheld aufgestanden war, sich die Hose abgeklopft und das Hemd reingesteckt hatte. Man hatte ihm applaudiert, seine Freude darüber hatte sich allerdings in Grenzen gehalten, den ersten spontanen Applaus in seinem Leben hatte er sich anders vorgestellt, er hatte eine Persönlichkeit sein wollen und kein Jammerlappen, der seine Freundin nur dadurch hindern konnte, ihn zu verlassen, indem er ihr vors Auto sprang. Wie man so etwas richtig machte, hatte er keine fünf Minuten später gesehen, als Jon gegen die Windschutzscheibe knallte, einen Streifen Blut hinter sich herziehend, die Augen weit aufgerissen. Jon hatte ihm wieder einmal die Schau gestohlen, hatte wieder mal besser sein müssen, Jon, der neue Superstar, der ausgewählt einsame Held, Säufer und Drecksack. Jon, der beste Freund, den es gab auf der Welt, hing neben Henning auf der Rückbank und war so besoffen, dass er selbst im Auto nicht gerade sitzen konnte. Zwei Frauen fuhren zwei Krüppel durch die Nacht, und warum sie das taten, blieb ihre Sache. Besser, man fragte nicht. Die Antworten von Frauen entsprachen selten den eigenen Vorstellungen.

Sie waren noch nicht am Ziel, kamen kaum voran. Höchstgeschwindigkeit 100 km/h, und dazwischen immer wieder Dörfer, Dorfstraßen, eine lange, gerade Nacht, und Martha durfte sich nichts mehr erlauben, das hatte sie Uwe versprechen müssen, nie wieder, hatte sie gesagt, und dass sie jetzt ausgerechnet an Uwe denken musste, wahrscheinlich musste sie jetzt beim Fahren immer an Uwe denken. So ist es, wenn man Leute um etwas bittet, das bereut man sein Leben lang. Vor Jahren hatte sie eine psychologische Beratung machen müssen, warum fuhr sie immer so schnell, weil sie immer zu spät war, warum war sie immer zu spät, weil immer etwas dazwischenkam, warum kam immer etwas dazwischen, weil alles zu viel war, warum war alles zu viel.

Ortschaft 50 km/h, Baustelle 30, ihr Blick auf den Tacho gerichtet. Wenn sie fuhr, sah sie gewöhnlich mehr Nadel als Straße. Von der Rückbank Hennings Husten, er trank Lübzer Pils und kühlte sich mit der Flasche das Bein, welches, wie er behauptete, nun doch teuflisch wehtat. Wenn er meinte, sie sei ihm mit Absicht in die Beine gefahren, hatte er damit nicht unrecht, was lief er ihr auch direkt vor das Auto und brüllte schon vor dem Aufprall, als sei er tödlich getroffen. Henning, den sie liebte seit fast zehn Jahren, den zu lieben sie sich entschieden hatte, war schreiend aus ihrem Haus gerannt und hatte sie aufhalten wollen, zum ersten Mal. Er hatte nicht vorbereitet sein können auf Marthas Konsequenz, er hatte sie bisher nie wirklich zu spüren bekommen.

Jon trank seine sechste Dose Red Bull gegen die Promille im Blut. Er hatte sich gegen das Krankenhaus und für eine Tankstelle entschieden. Das bisschen Schmerz zählte nicht, und das meiste Blut war nicht echt. Er fragte sich, ob er jetzt angekommen sei, ob ein Ende in Sicht war oder dies nur der Beginn einer dunklen Zeit; es war so verdammt dunkel, dass er nicht wusste, wo er sich befand. Sein Kopf lehnte an der Scheibe, am Steuer saß Martha und sah sogar von hinten angespannt aus, er hatte wohl noch nie einen so konzentrierten Hinterkopf gesehen, bis in die Haarspitzen. Auf dem Sitz vor ihm schlief Betty, ausgerechnet Betty, die hoffentlich einzige Frau auf der Welt, die ihn abgrundtief verachtete. Wann immer er sie traf, verstummte sie. Ihr Schweigen war nicht weniger als eine Kriegserklärung, und die längste Zeit hatte er Angst gehabt, sie würde sich mit ihrem Schweigen rüsten für den finalen Schlag, bis ihm klargeworden war, dass dieses Schweigen bereits der Schlag war. Sie konnte stundenlang in einer Gruppe sitzen und nichts sagen, sie machte die Leute nervös, und wenn man einmal anfing, sich Gedanken zu machen, was in ihrem Kopf vorgehen mochte, dann war man erledigt. Sie funktionierte wie ein Psychothriller, in dem die eigenen Vorstellungen hundertmal grausamer waren als das, was man zu sehen bekam.

Jon verlor den Faden, er überlegte, wie er in diesen Wagen gekommen war, seine Erinnerung an die letzten Stunden war etwas porös. Auch an die Dörfer, durch die sie fuhren, konnte er sich nicht erinnern, seine einzigen Erinnerungen bestanden in Bildern von einer aufgewühlten Ostsee, einem endlos wirkenden Strand, der so einsam war, als seien die Menschen weggepustet worden, ein paar Bauruinen, ein Matjesbrötchen, seine Mutter vergnügt auf einer Buhne hüpfend.

Er sah aus dem Fenster, versuchte das Wiedererkennen, doch die Aldi- und Lidl-Märkte, die wie abgeworfen am Straßenrand lagen, verwirrten ihn, zerstörten die Reste an Orientierung. Nicht einmal das Meer konnte er sehen, und er wünschte, dass diese Fahrt noch Stunden und Tage dauern würde, dass sie so lange fahren könnten, bis das alles nicht mehr wahr wäre. Auf seinem Oberschenkel spürte er Hennings Hand, die fest zudrückte, und er hatte das kurze, heftige Gefühl, ihm könne nichts passieren, solange er auf dieser Rückbank saß und sein Bein Hennings Hand festhielt, denn so und nicht anders fühlte es sich an.

Bettys Kopf an der Scheibe, ihr Mund stand ein wenig offen, sie wusste, dass diese Haltung die anderen glauben ließ, sie schlafe. Mehr wollte sie nicht. Sie wollte in Ruhe gelassen werden. Zur Sicherheit gab sie ein leises, schnarchendes Geräusch von sich, denn Schnarchen ist eine Freude, wenn man in der Lage ist, es zu benutzen. Sie konnte es süß klingen lassen, kindlich-selbstvergessensüß; es hatte Männer gegeben, die ihr aufgrund dieses Schnarchens die Füße in die Decke einschlugen und das Haar aus dem Gesicht strichen, bevor sie in der Küche noch einen Whiskey tranken. Betty konnte auf eine Art schnarchen, dass sie ihre Unschuld zurückgewann. Sie hörte Townes Van Zandt zu, der leise aus den billigen Autoboxen drang. In ihren traurigen Zeiten hörte Betty selten etwas anderes, sie hatte immer schon eine Neigung zu Musikern gehabt, die ihr Leben in eine Flasche Bourbon aushauchten, eine Neigung, die früher weit über das Musikalische hinausgegangen war. Dass sie nun nicht mehr zu zweit auf der Flucht waren, sondern zu viert auf der Reise zu einer Mutter, machte nichts leichter.

Hinter sich hörte sie Jon leise stöhnen, er öffnete eine nächste Dose, seit zwei Stunden war das Klicken des Verschlusses das einzige verlässliche Geräusch in der Stille. Betty meinte zu spüren, dass er sich fürchtete vor der Klarheit, die auf ihn niederrasen würde, wenn der Alkohol in seinem Körper den Rückzug antrat. Vor über neun Jahren, kurz nachdem aus Martha und Henning über Nacht ein Paar geworden war, waren sie sich zum ersten Mal begegnet. Auch damals war Jon betrunken gewesen, doch im Gegensatz zu heute war sein Suff stolz, fast eitel, er hatte ihn präsentiert wie eine Auszeichnung, die nur die wenigsten tragen konnten. Und obwohl Betty diese stolzen Trinker mochte, obwohl ihr Freundeskreis fast ausnahmslos aus dieser Sorte Trinkern bestand, war Jon ihr nicht geheuer gewesen. Er gehörte damals zu denen, die sich alles leichtmachten, die am Ende immer gewannen und gar nicht wussten, dass es sich um einen Kampf gehandelt hatte. Offenbar hatte er heute zum ersten Mal verloren.

«Wir sind da», sagte Jon, «hier ist es.» Er deutete auf einen Bungalow auf der rechten Seite, dessen Fenster bis zum Boden reichten, zweistöckig, flach und gebaut aus mattglänzendem Beton. Die Hundehütte mit Reetdach im Vorgarten war eher eine Verhöhnung als ein Zugeständnis an den Ort. Auf dem Dach des Hauses saß ein gläserner Kubus, aus dem Licht drang. Es war still im Wagen, niemand bewegte sich, bis Jon ein paarmal tief durchatmete und die Tür öffnete. Er korrigierte mehrfach seine Haltung, stand gerade, verlagerte sein Gewicht, locker in den Knien, zog die Schultern zurück, räusperte sich, stieß erste Töne hervor, und mit tiefer, gibsongetränkter Stimme begann er zu singen. Die drei starrten Jon an, den sie glaubten gerade das erste Mal zu sehen, nur Henning summte leise mit. Hinter den Fenstern ein Schatten zuerst, dann auch von dort Gesang, eine Frauenstimme, lauter, heller, schief: *Ein Haus, ein kunterbuntes Haus, ein Äffchen und ein Pferd, die schauen da zum Fenster raus.*

Andere Leute benutzen Klingeln, dachte Betty, und wie angenehm diskret das war, bemerkte sie erst jetzt.

Die Haustür flog auf, und eine Frau von nahezu demütigender Jugendlichkeit, zumindest konnten Betty und Martha das nicht anders sehen, lief heraus. Sie trug eine gestreifte Schlafanzughose und ein verblichenes T-Shirt mit dem Aufdruck irgendeiner Schnapsbrennerei, ihre Füße waren nackt, die kurzen Haare von einem Grau, welches Henning sich gewünscht hätte, und sie sprang auf Jon zu, scheiterte jedoch bei dem Versuch, ihn hochzuheben, was alle, einschließlich Jon, mit Erleichterung zur Kenntnis nahmen. «Gerl», sagte er leise, und: «Jon!», rief sie, strich ihm über die Wangen und das Haar glatt, «Jon.» Sie sah ihn lange an, aber Jon zuckte nur mit den Schultern, deutete auf den Wagen. «Ich habe Freunde mitgebracht.»

Gerl fand, dass Freunde eine gute Sache seien und Jon ein bisschen Verstärkung im Moment wohl gut brauchen könne, nur dass die Freunde im Wagen hockten, das verstand sie nicht, und so bat sie alle ins Haus, wo sie einen Kaffee, schwarz wie diese Nacht, kochte.

«Was ist das da in deinem Gesicht?», wollte Gerl wissen, und Jon war sich nicht sicher, was sie meinte, er hatte nur wenige Erinnerungen an sein Gesicht, das war alles so lange her. «Du hast da einen halben Bart.»

Als müsse er diese Behauptung überprüfen, kratzte Jon sich eine Weile.

«Das ist mein Untergang, schätze ich.»

«Das möchte ich meinen, mein Sohn.»

Sie stand auf, sagte: «Also erst mal: Der Bart muss ab. Danach die Sache mit dem Blut. Und dann klären wir den Rest.» Offenbar war sie keine Frau der großen Zweifel.

Sie verließ die Küche, und Henning meinte: «Hat verdammt recht, deine Mutter. Dein Gesicht gehört grundlegend aufgeräumt.»

«Sie hat immer recht. Das ist es ja.»

«So was bräuchte ich», sagte Betty mit rauer Stimme. «Meine Eltern haben immer nur total danebengelegen.»

Mit einem Rasiermesser kam Gerl in die Küche zurück, legte Jon ein Handtuch um den Hals. «Junge, Junge», sie lachte, «dass du dich traust, so hier aufzutauchen. Dich kann man auch keinen Moment aus den Augen lassen.» Und wieder lachte sie, Gerl konnte lachen wie ein Pferd, Gerl, nicht Gerlindchen oder Linde, es gab nichts, was niedlich war an ihr.

Jon war nicht wohl bei der Sache, kein einziges Mal hatte er sich bisher rasieren lassen, und dass nun ausgerechnet seine Mutter das besorgen sollte, war ihm gleich doppelt unheimlich. Mütter durften einen waschen, das Pflaster am Knie wechseln, höchstens noch die Haare schneiden – aber auch das war Jahrzehnte her, und so wehrte er sich, zog den Kopf zurück, sagte: «Das kann ich doch selbst», und sie antwortete: «Na, das sehe ich», und schäumte seinen Mund ein. Jon schloss die Augen, glücklich immerhin darüber, dass sie es hier nicht mit einem Vollbart zu tun hatten.

Einzig das Kratzen der Klinge war zu hören, Martha wandte die Augen ab, während die anderen beiden sich eine Position mit besserer Sicht gesucht hatten. Gerl führte das Messer mit sanften, schnellen Bewegungen. Woher sie das konnte, war die Frage, die keiner als Erster stellen wollte. Leise hatte sie das Messer zur Seite gelegt, und ohne dass es jemand hätte kommen sehen, brannte sie Jon mit einem Streichholz die Härchen aus dem linken Ohr. An das rechte sollte sie nicht mehr gelangen, Jon sprang fuchtelnd auf, behauptete, dass er noch nie Haare in seinem Ohr gehabt habe.

«Aus meinen Ohren wachsen keine Haare», rief er, und Gerl lehnte an der Wand, hielt das Streichholzbriefchen in der Hand und zündete sich einen Zigarillo an.

«Ist das Blut echt?»

«Natürlich nicht! Was denkst du? Dass ich mich besoffen in Bars prügele?»

«Ehrlich gesagt», sie zog an dem Zigarillo, «das will ich schwer hoffen, dass du das tust. Nur solltest du dabei nichts abbekommen.»

Jon wusste, dass sie stolz gewesen wäre auf seinen Haken, dass sie stolz wäre auf jeden Idioten, dem er die Nase brach, weil er ihm dumm gekommen war, und vielleicht hatte er vorhin nur deswegen zugeschlagen.

«Ich lass dir ein heißes Bad ein», sagte sie und ging hinaus.

Henning begutachtete das Rasiermesser auf dem Tisch,

nahm es in die Hand und befühlte die Klinge. «Jetzt erst wird mir klar, warum ich immer schon deine Mutter kennenlernen wollte.» Er blickte sich beeindruckt in der Küche um; bis in die Nut durchdacht, selbst die Lappen hier hatten Stil. «Wahnsinn», sagte er. «Womit hat sie ihr Geld gemacht?»

«Das, was andere Frauen umbringt: Männer und Schnaps. Vor zwanzig Jahren hat sie die Brennerei verkauft. Letztes Jahr die vierte Scheidung. Und der beste Kirsch der Welt lagert immer noch im Keller.»

Betty stand auf. «Okay», sagte sie. «Wir bleiben.»

«Aber», sagte Martha und sah, ganz kurz nur, Henning an, «in einem Bett schlafen wir nicht.» Ihre Stimme klang müde.

«Ich bin verwundet, Martha du hast mich fast totgefahren. Schau dir dieses Bein an, ein blauer Fleck so groß wie Russland, als Russland noch richtig Russland war, gigantisch.»

«Dann geh doch nach Russland.»

«Wie denn, bitte. Mit dem Bein komme ich nicht mal bis zur nächsten Haltestelle.» Henning hatte das Knie auf die Sessellehne gelegt und kühlte mit einem feuchten Tuch seinen Oberschenkel. «Siehst du», sagte er und hob das zweite Knie, «doppelt so dick, mindestens.»

«Zieh deine verdammte Hose wieder an», fluchte Betty. «Und hör endlich auf, über diesen blauen Fleck zu jammern.»

«Ich jammere nicht über den blauen Fleck, ich jammere über die Ereignisse, die zu diesem blauen Fleck geführt haben. Aber das versteht hier ja wieder keiner.»

«Ich hole unsere Taschen», sagte Betty.

«Ja, ihr habt natürlich wieder Taschen dabei. Ihr seid einfach immer vorbereitet. Ihr seid doch immer darauf vorbereitet, am nächsten Morgen woanders aufzuwachen.»

«Henning, schlaf gut.» Martha stand schon in der Tür.

«Nein, werde ich nicht. Ich werde nicht gut schlafen. Ich werde überhaupt gar nicht schlafen.»

Und Martha ging hinaus, folgte Betty und ließ ihn allein, so allein, dass sein Kopf zur Seite fiel, er noch kurz dachte, so viel Scheiße könne niemals in einen Tag passen, selbst ein Monat wäre dafür zu klein, das alles sei nicht zum Aushalten, und dass er ein Bett jetzt auch nicht mehr brauchte, das war dann das Letzte, was er dachte.

Nach zwei Stunden hatte Jon den Versuch aufgegeben, noch in irgendeiner Position Schlaf zu finden. Durch seinen Körper bewegten sich Alkohol und Koffein in einer ungesunden Konzentration. Abgefüllt bis zum Letzten, hatte er denken müssen und war aufgestanden. Jon war so gründlich gewaschen, dass er sich nackt fühlte. Kein Blut, kein Bart, kein Job.

Er ging durch das dunkle Haus, sah durch die Fenster zum Himmel, kein Mond, nicht einmal Sterne, einzig ein Satellit schien hell, wer kann das heute noch unterscheiden. Als sich seine Augen an die Dunkelheit gewöhnt hatten, erkannte er im Garten ein Loch, etwa zwei mal zwei Meter groß. Ob Gerl sich da ein Grab schaufelte, fragte er sich. Ob sie mal wieder dachte, sie würde jeden Moment sterben.

Mindestens einmal im Jahr war Gerl sicher gewesen, dass sie gleich sterben müsse, und hatte dann alles Mögliche geklärt; wahrscheinlich hatte sie schon zwanzigmal das immer gleiche Testament geschrieben, in dem keiner ihrer Männer etwas erbte und Jon alles, hatte aufgeräumt und getan, was unbedingt noch getan werden musste. Er konnte nicht anders als sie für eine glückliche Frau halten.

Jahre war er nicht hier gewesen, Jahre, in denen sie ihm Geld überwies, damit er über die Runden kam, kein Erfolg ist umsonst, hatte sie gesagt und investiert. Eine seriöse Geldanlage, fand sie, an seinem Durchbruch wäre sie prozentual beteiligt, das war alles vertraglich geregelt, und Jon hatte sich geschworen, dass er die Taschen voller Kohle hätte, wenn er das nächste Mal hierherkäme, und so hatte es sich ergeben, dass er seit Jahren keinen Fuß in dieses Haus gesetzt hatte.

Er öffnete die Terrassentür, trat hinaus und zog den kühlen Wind tief in die Lungen. Das Leben war ein Minusgeschäft.

Martha teilte sich das Zimmer mit Betty, konnte nicht allein sein und wollte es dennoch. Sie hatte sich nicht davon abbringen lassen, auf dem Boden zu schlafen. Nach einer quälenden Stunde hatte Betty es schließlich aufgegeben, sie im Arm halten zu wollen, hatte nur gesagt, dass ihr diese Bockigkeit schon immer auf die Nerven gegangen sei, dass es immer dasselbe sei, wenn Martha litt, dann hatte alles viel schlimmer zu sein, als es schon war. Mit offenen Augen lag Martha in der Nacht und versuchte irgendetwas zu fühlen, wenigstens Leere. Vielleicht bin ich gar kein Mensch mehr, dachte sie, mutiert, auf die andere Seite gewechselt, von eiskalten Dämonen besessen.

Sie verstand nicht, warum nichts in ihrem Körper wehtat, nicht der geringste Schmerz, nicht mal ein Ziehen, nicht mal ein blauer Fleck.

Henning erwachte vor Langeweile. Seine Träume waren so öde gewesen, dass er sich wälzte in seinem Sessel. Da tauchten Leute auf, die er zu Recht schon zehn Jahre nicht gesehen hatte, all die abgelegten Freunde saßen herum und erzählten Dinge, die so langweilig waren, dass er panisch hochschreckte und wünschte, den Kanal wechseln zu können. Er fürchtete sich vor dem Wiedereinschlafen, ein solches Dasein war selbst im Traum unwürdig. Um ihn herum nur diese Stille, die er hörte und die gar keine Stille war, durchsetzt von den kleinsten Geräuschen, die jetzt erst deutlich wurden. Er hörte die Vögel schnarchen, jedes Astknacken klang wie ein fremder Schritt, hinter dem Schrank kämpfte irgendetwas ums Überleben, letzte Flügelschläge; die Stille war ein Monster, das ihn aus dem Dunkeln anstarrte. Und warum lag er eigentlich allein in einem Sessel, in einem fremden Haus, warum erwachte er in einem Körper, der sich zehn Jahre älter anfühlte als noch am gestrigen Morgen, was sollte das alles.

Und wo steckte Martha jetzt schon wieder.

Langsam zog Betty die Gardine zur Seite, genoss den ersten Blick auf das Wasser, das dunkelblau hinter Straße und Dünen lag. An keinem anderen Ort hatte sie die Ostsee je so gesehen. Ganz flach lag sie an diesem Morgen, müde ausgestreckt mit den Füßen im Sand. Vögel pickten erste Löcher in die Stille, morgens um fünf, während die Sonne sich hochkämpfte.

Betty hatte keine Ruhe finden können in dieser Stille, erst recht nicht mit Martha neben sich auf dem Boden, die schlecht wie keine Zweite den Schlaf simulierte. Das alles machte sie nervös, ihr Kopf wurde lauter mit jeder Minute. Sie zog ihre Sachen an und rannte hinaus, den Strand entlang, konnte schon nach fünfhundert Metern nicht mehr, das Laufen auf Sand war lange her, sie war fast noch ein Kind damals, so fühlte es sich an, und wie ein Reflex war es, dass sie alles von sich warf und nackt in das flache Meer lief, das längst nicht so kalt war wie erwartet.

Sie machte die ersten Züge, schwamm hinaus, immer weiter weg vom Strand, den Dünen, Häusern und Geschichten, tauchte unter, wieder auf, paddelte mit den Füßen und verlor vor Freude die Gedanken.

Das schmale Bett mit der karierten Wäsche war leer und noch warm; sie hatte Betty nicht gehen hören. Gegenüber ein Ledersessel, der ihr bekannt vorkam, ein Klassiker wohl, Henning wüsste das, und vor dem Fenster, das Meerblick hatte, wenn man stand, ein Schreibtisch aus Holz, auf dem ein einzelnes weißes Blatt Papier lag und quer darüber ein schwerer schwarzer Kugelschreiber. Requisiten, die nur darauf zu warten schienen, dass jemand sich setzte, um sein Testament zu schreiben, oder doch einen Liebesbrief. Das Zimmer erinnerte Martha an Räume, die man sonst in einem Museum durch die Glasscheibe betrachtete, weil irgendwer an einem solchen Schreibtisch etwas Bleibendes geschaffen hatte.

Auf einem Bücherstapel fand Martha eine Landkarte, die sie ausbreitete und auf der sie mit nackten Füßen herumlief, kreuz und quer über die Region, ihre Zehenspitzen zogen die Schiffswege nach. Sie würde einfach durch die Tür gehen, den Wagen nehmen, dann rechts entlang, dem Straßenverlauf folgen, immer weiter, immer geradeaus, bis sie den Hafen erreichte. Das nächste Schiff nehmen und sich ganz klassisch absetzen, mal wieder den Ausweis zeigen dürfen, mal wieder irgendwo einreisen, mal wieder nichts zu verzollen haben, mal wieder so tun, als sei man ein freier Mensch, und das dann auch glauben. Aus dem Stand könnte sie abhauen, jetzt erst recht, und dieser Gedanke hatte wenig Tröstliches. Noch immer nichts zu verlieren zu haben, oder schlimmer noch: schon wieder nichts, gab der Freiheit einen säuerlichen Geschmack; es war eine Freiheit, die das Mindesthaltbarkeitsdatum deutlich überschritten hatte. Ihr großer Zeh klebte auf der Ostsee fest und zerriss das Land bis Uelzen.

Es war fast noch Nacht, es würde dauern, bis hier jemand wach würde. Gerl hatte schon immer bis zur Mittagszeit geschlafen, was ihm eine recht einsame Kindheit beschert hatte. Mit vier Jahren hatte Jon mühelos ein 1000-teiliges Puzzle zusammengesetzt, gegen sich selbst Monopoly gespielt und trotzdem immer verloren. Er zog leise die Tür ins Schloss und ging zum Meer, lief den Strand entlang, sah weit entfernt eine Verrückte schwimmen, juchzend im tiefdunklen Wasser. Er lief weiter, Muscheln, Austernfischer, Ruderboote, ein Politiker auf Urlaub und in der Ferne ein Leuchtturm, wie so oft. Er dachte nicht an den Rückweg, er hörte auf, an Rückwege zu denken. Der Boden war weich und die Luft klar. Am Rand standen

Strandkörbe mit den Nummern 19 bis 38, alle abgeschlossen. Früher hatte man dort ausruhen können, früher hatte es Nächte gegeben in Strandkörben, mit Mädchen und Rosésekt, das alles war möglich gewesen, heute wurden sogar die Einkaufswagen abgeschlossen wie auch die Koffer und Telefone, heute brauchte man Schlüssel, Codes und Chips, alles war verriegelt.

Weiterlaufen, Gedanken ins Meer spucken, so weit es ging, möglich, dass sie an der dänischen Küste angespült würden und dort jemand anderen quälten. Er lief barfuß, der Erdung wegen, der Reibung wegen, Sand machte die Füße weich, Strand machte sie gelenkig, Füße wurden kaum noch benutzt heute, auf Füßen stand man rum und wartete auf den Bus, schade war das, was hätten Füße nicht alles verdient.

Der Leuchtturm war fast erreicht, doch Jon schätzte die Nähe zu Leuchttürmen nicht, sie standen am äußersten Zipfel, und hatte man einen Leuchtturm erst einmal erreicht, ging es nicht mehr angemessen weiter, ein Leuchtturm taugte nur etwas, wenn man auf See war und das Festland winkte, Hafen und Bräute. Befand man sich bereits auf dem Festland, war ein Leuchtturm nur das Denkmal einer nutzlosen Sehnsucht.

Als er angekommen war, stützte er sich auf die Hände und warf die Beine gegen das rot-weiße Rund. Es hieß, man müsse die Perspektive ändern von Zeit zu Zeit, und vielleicht benötigte er einfach mehr Blut in seinem Kopf, wenn er zu einem halbwegs klugen Gedanken kommen wollte. Der Blick auf das Meer war ungeheuer, ebenso der leichte Schwindel. So könnte es gehen, dachte Jon, so wäre Vergessen möglich.

In ihrer Hand der Kugelschreiber, das Blatt Papier vor ihr, Martha hatte seit Jahren keinen Brief geschrieben, ihre Handschrift fand sich bloß noch auf Einkaufslisten. Tschüss, wollte sie sagen, bis demnächst, ich schick euch meine neue Adresse, sobald ich eine habe, muss einfach mal allein sein, tut mir leid, dass ich den Wagen mitgenommen habe, tut mir überhaupt alles leid, passt auf euch auf, ich liebe euch alle. Sie blickte aus dem Fenster, es war ein heller Morgen.

«Tja», schrieb sie auf den Zettel und rechts, sehr klein in die Ecke: Martha.

Leise stieg sie die Treppen hinunter, ging aus dem Haus, schloss den Wagen auf, saß hinter dem Steuer ohne eine einzige Bewegung. Den Schlüssel drehen, starten, einfach losfahren, sie wusste doch, wie das ging. Martha holte Luft, sah nicht mehr zu dem Haus und ließ ihre Hand die nötige Bewegung machen, eine kleine Drehung nach rechts, mehr war es nicht. Ein kurzes Stottern, zu laut für diesen Moment, vor allem aber: zu kurz. Sie drehte den Schlüssel ein zweites Mal, hielt die Kupplung gedrückt, das Stottern leiser und noch kürzer. Immer wieder drehte sie den Schlüssel, fünfmal, sechsmal, schlug gegen das Lenkrad, spürte ihr linkes Auge feucht werden, und dann wurde ganz vorsichtig die Beifahrertür geöffnet, Henning stieg ein, ohne zu fragen, und meinte: «Ich war's nicht.»

Martha starrte lange geradeaus, bevor sie in sich zusammenfiel, auf seine Seite hinüber, in seinen Schoß, und Henning nichts mehr sagte. Er hielt nur ihren Kopf, das immerhin ging, das war immer möglich gewesen, ihr Kopf lag gut in den Händen, als gehörte er dorthin, als habe man vor langer Zeit ihren Kopf und seine Hände auseinandergerissen. Ginge es nach ihm, könnten sie so bleiben, er hatte sonst nichts vor.

«Starte nochmal, Martha.»

Sie tat es und war dankbar dafür, dass sie vor sich nur die aufgeklappte Motorhaube sah, gerade noch zwei Haarschöpfe dahinter, und von Gerl und Betty rein gar nichts.

«Ich sag doch, das ist der Motor, der im Arsch ist.»

«Du hast doch nun von Autos gar keine Ahnung», womit Jon unbedingt recht hatte, was Betty auch akzeptierte und sich neben Martha in den Wagen setzte.

«Wolltest du Brötchen holen?»

Martha blickte sie an, in ihren Augen Müdigkeit, Trotz, Traurigkeit, Wut, Hoffnungslosigkeit irgendwo. Ein heilloses Chaos in diesen Augen, dachte Betty, und wieder rief Henning: «Starte nochmal», und der Wagen gab kein einziges Geräusch mehr von sich.

«Siehst du», sagte Jon, «das ist hundertprozentig die Lichtmaschine. Das können wir vergessen», woraufhin Henning lächelte, als sei Lichtmaschine das schönste Wort, das jemals gesprochen worden war. Er wiederholte es leise und grinste in der Deckung der Motorhaube.

Der Kaffee, den Gerl, noch immer im gestreiften Schlafanzug, brachte, war teerschwarz und süß. Sie lehnten alle nebeneinander am Wagen und rauchten. Jons Gesicht war gleichbleibend rot, als würde das Blut nicht mehr absinken, auch war ihm die ganze Zeit schwindelig, was er als weniger unangenehm empfand als befürchtet. Ob das nur am Kopfstand lag, fragte er sich, ob er nicht vielleicht doch was abbekommen hatte, gestern, eine leichte

Gehirnerschütterung wenigstens. Dafür sprach auch, dass er zugeben musste, dass Betty die nassen Haare ausnehmend gut standen, sie ließen sie auf eine Art rein und unschuldig wirken, dass er sie zum vielleicht ersten Mal als nahbar empfand, und: Mein Gott, Jon, dachte er, wie lang ist es eigentlich her, dass neben dir eine Frau mit nassen Haaren und Kaffee in der Hand gestanden hat.

«Die Straße runter ist eine Werkstatt», meinte Gerl, und Jon wollte wissen, was das heiße, die Straße runter, wie weit das sei und wo überhaupt ihr Auto wäre, mit dem man dieses hier jetzt ganz bequem abschleppen könnte.

«Ich habe es neulich wo stehenlassen», antwortete sie und war zu weiteren Auskünften nicht bereit, bei aller Liebe nicht, und die Werkstatt sei nicht weit, einfach die Straße runter, links, rechts, in den Hof rein, und er solle nicht solche Fragen stellen, er wisse doch, dass sie Entfernungen nicht einschätzen und erst recht nicht beziffern könne, aber nicht weit, so viel sei sicher.

«Bei dir ist nie irgendwas weit», bemerkte Jon, und für Gerl war das, ganz generell, die einzig mögliche Einstellung. Dann ging sie in die Küche, schmierte Brote und sagte: «Nur für den Fall.»

Ihm stand der Schweiß auf der Stirn. Mit an Sicherheit grenzender Wahrscheinlichkeit war er der Einzige, der diese Karre wirklich schob. Am Steuer saß Gerl, weil sie den Weg kannte, außerdem sei sie seine Mutter, was als Begründung ausreichen müsse, wie sie gemeint hatte. Sie hatte sich mit einem Becher Kaffee und einer Stulle hinter das Steuer gesetzt, «Dann mal los!» gerufen, auf das Dach geklopft und die Anlage angestellt, aus der Townes

Van Zendt leise sang. Gerl hatte lachen müssen, wie sie immer lachte, laut und allen voraus.

«Da wundert mich ja gar nichts mehr!»

Die anderen pressten ihre Hände gegen den Wagen und schoben. Die Straße runter, an den Pensionen vorbei, am Kunsthandwerk, an der Boutique für alle Größen, am Supermarkt, aus dem Dorf heraus, die Allee, lang, gerade, kein Rechts, kein Links, erst recht keine Werkstatt. Aus dem Wagen dröhnte mittlerweile Robbie Williams live, eine Promo-CD, die Martha längst vergessen hatte und die Gerl unter dem Sitz gefunden haben musste. Sie ließ einen Arm aus dem Fenster hängen und klopfte mit ihren Fingerspitzen den Rhythmus gegen das Blech.

Immer knapp daneben, immer einen Tick zu früh, egal ob sie klatschte, mit den Fingern schnippte, mit dem Kopf wippte, nie traf sie den Rhythmus, wie Gerl überhaupt von Takt und dem dazugehörigen Gefühl wenig verstand. Jon wusste nicht, wie er ihr sein Versagen erklären sollte, wie er es den anderen sagen sollte, er fand nicht einmal Worte für sich selbst. Er wollte schreien, mit den Fäusten gegen Wände schlagen, besser noch gegen Scheiben, dass es splitterte und nach was aussah. Dieses ganze elende Ostseebad wollte er in die Luft sprengen, mit seinen Töpferwerkstätten, dem Kunsthandwerk, den Aquarellen, Gipsskulpturen, Klanginstallationen, Kaffeebechern, dieser ganzen beschissenen Keramik überall. Er würde Dynamit brauchen und Handfeuerwaffen, sehr viel Dynamit und vielleicht nur zwei kleine Pistolen, eine im Strumpf und eine in der Hand, weil Nachladen schwierig, immer schwierig bei so einem Amok, Nachladen eh schwierig, kennt man ja, da hockt man hinter einem Schornstein und sucht in den Jackentaschen nach dem nächsten Magazin, er besaß nicht mal eine Jacke mit ausreichend vielen Taschen, wenn er so an sich hinuntersah, besaß er überhaupt gar keine Jacke. Wo war die geblieben? Mit aller Kraft stemmte sich Jon gegen den Wagen, diese kleine, elende Karre.

Als ob sie noch lebte, als finge alles damit an, dass sie mit ostseenassen Haaren einen Wagen durch das Land schob. Als hätte sie das schon immer tun wollen, an einem Vormittag im Juni, als wäre alles darauf hinausgelaufen. Es war nicht sie, es war nicht einer von ihnen, es war das Fluchtauto, das verreckte, das sich opferte gewissermaßen. Ein kluger, kleiner Wagen. Vielleicht war er hier, in diesem Moment, der Klügste von ihnen allen, der Einzige, der es begriffen hatte. Bettys Hände lagen fast zärtlich auf der Heckklappe, schließlich war das Laufen schon anstrengend genug.

Nichts klappte. Überhaupt nichts. Sie kriegte sogar das Auto kaputt, sie fuhr einfach alles gegen die Wand, hatte rein gar nichts mehr im Griff, ausgerechnet sie, war doch immer klargekommen, hatte Lösungen oder wenigstens Wege drum herum oder darunter durch oder drüber weg gehabt, es war doch alles immer gegangen. Sie wollte dieses Auto nicht schieben, allenfalls von der Klippe stoßen, aber nicht mal die schien es hier zu geben, alles so schrecklich friedlich hier, elender Friede, der konnte sie mal, und wie ihr der Busen jetzt wehtat, das war unbeschreiblich, wie in einer Tresortür gequetscht, hatte noch nicht gemerkt, dass ihn niemand brauchen würde in der nächsten Zeit, stand da, aufgerichtet und bereit, wie wenig Verstand doch so ein Busen hatte, sie hätte ihm sagen wollen, dass er nach Hause gehen könne, dass seine Fähigkeiten hier nicht mehr gebraucht würden, und wie weit war eigentlich diese Werkstatt noch, gab es die überhaupt, wie war sie hierhergeraten. So erbärmlich war sie wirklich noch nie abgehauen.

Das Auto stand in der Mitte eines großen Bauernhofs, außer ihnen war kein Mensch zu sehen, nicht mal zu hören. Wo hier die Werkstatt sein solle, fragten sie, und Gerl deutete auf eine verschlossene Scheune, hupte einmal lang, einmal kurz, als hätte sie ein heimliches Rendezvous, was Jon für möglich hielt, erst recht als ein Typ in einem schwarzen Monteursanzug leicht humpelnd auf dem Hof erschien und sich seine halblangen Haare hinter die Ohren strich, um Gerl ausdauernd zu umarmen. Auf den Wagen wurde er von ihr dabei mehrmals hingewiesen, zuerst nur flüsternd, dann mit einem Kichern und leicht drängend.

«Das ist Hermann», stellte Gerl ihn vor. «Und das hier», sie zog Jon am Ärmel zu sich, «ist Jon, mein Sohn.»

Jon konnte nicht genau einschätzen, wem von beiden diese Vorstellung peinlicher war, auf jeden Fall gaben sie sich die Hand und sahen dabei knapp aneinander vorbei.

«Die anderen sind Freunde von Jon. Ihre Namen habe ich sämtlich vergessen.»

Die Freunde winkten kurz aus der Hüfte, Martha nickte nur.

«Na dann», sagte Hermann und klappte die Motorhaube hoch. Im selben Moment, aus reiner Sorge, er könnte seine Freude nicht für sich behalten, verschwand Henning in Richtung Toilette.

Er hielt sein verschwitztes Gesicht unter kaltes Wasser, betrachtete sich im Spiegel, sah es sich sehr genau an, die Blässe, die etwas zu großen Poren, der Pickel über der Augenbraue, der kein Pickel sein konnte, weil er schon seit einem Jahr da war. An Jons glatte Haut musste er denken und dass er Jon in seinem ganzen Leben noch nicht so gesehen hatte wie am gestrigen Abend. Jon war von einer Traurigkeit umgeben, die tatsächlich tiefschwarz war, sie machte einem Angst, schien sich in seinem Nacken festgebissen zu haben und ihn zu Boden zu drücken, da konnte er noch so viel schlechtes Spiel drüberlegen, man sah es doch. Henning blickte in den Spiegel, ob auch bei ihm so ein Tier hing. Seine Stirn lag in Falten, mit dem Zeigefinger strich er darüber, entspannte sich, doch zwei Falten blieben, gerade, waagerechte Schnitte, die nicht mehr verschwanden. Er sah fast so verloren aus wie Betty. Bei ihr hing kein Tier im Nacken, da steckte eines drin, müde und angeschossen, kaum noch zu retten. Es war nicht gut, hier allein zu sein, wenn er auch nur eine Sekunde allein war, fiel alles in ihm zusammen, nicht einen einzigen Moment wollte er je wieder allein sein, für den Rest seines Lebens nicht.

Er trank einen Schluck Wasser aus dem Hahn, was seinen Mund nur noch trockener werden ließ. Da ist kein Saft mehr drin, dachte er, da mangelte es an allem, da fehlte es an allen Ecken. Er vermisste Lupo, sich selbst als Vater, er hatte Angst, bald auch Martha zu vermissen, die unvollständig wirkte, Martha, die nie Angst gehabt hatte und sich plötzlich zu fürchten schien vor dem, was kam, und mehr noch vor dem, was nicht kam.

Es ist schon komisch, dachte Henning, jedes Mal,

wenn wir auf die Schnauze fallen, haben wir das Gefühl, die Wunden werden tiefer, und die alten sind noch nicht mal verheilt, ein schorfiges Leben.

«Ich sag euch was: Das lohnt nicht mehr.» Hermann kroch unter dem Wagen hervor, als habe er nur auf Hennings Rückkehr gewartet. «Die Lichtmaschine ist das eine, aber da unten, da sehe ich nur Rost, das ganze Auto ist total vergammelt. Ein wahres Wunder, dass ihr es gestern hier hoch geschafft habt.»

«Ja», sagte Martha und mehr auch nicht, sie wusste kaum noch, wie sie sich auf den Beinen halten sollte.

«Und außerdem», er sah zu Boden und schob mit seinem rechten Fuß den Kies zur Seite, «außerdem sieht die Motorhaube aus, als hättet ihr 'nen Braunbären spazieren gefahren.» Seine Hand glitt über das Blech, der Daumennagel kratzte über Blut. «Gibt auf der Strecke aber keine Braunbären. Soweit ich weiß.»

«Hermann.» Jon konnte gar nicht anders, als ihm dabei den Arm um die Schultern zu legen. «Das ist 'ne lange Geschichte. Kennste ja, Geschichten sind immer lang und die Kurzform: Wir leben alle noch, sogar der Braunbär.»

«Dann will ich das mal glauben oder nicht. Sei's drum. Wollt ihr 'nen hausgemachten Eistee? Aus schön rauchigem Lapsang Souchong, extra aus London importiert. Mit Limetten?»

«Da sagen wir nicht nein.»

Hermann holte eine Karaffe und sechs Gläser aus der Scheune, stellte alles auf dem Autodach ab und schenkte ein.

«Aber im Ernst», sagte er, «die Karre könnt ihr vergessen. Ich weiß, schönes Auto und so, wird nicht mehr hergestellt, was in etwa dem Untergang der aufstrebenden Unterschicht gleichkommt, aber so sind die Zeiten. Trinken wir drauf.»

Henning wusste nicht, ob er sich verstanden fühlen sollte oder zu allem Überfluss langsam paranoid wurde. Was ist das für ein Vogel, dachte er, und: «Auf Lupo», sagte Hermann, woraufhin Henning besonders brüderlich sein Glas hob und Martha sich die Hand vor das linke Auge hielt und den Eistee kippte, im heftigen Wunsch, es handle sich um eiskalten Wodka.

«Aber», sagte Hermann und ließ eine lange Pause, «ich habe da etwas anderes für euch. Etwas ganz anderes.» Er nahm noch einen Schluck. «Ich meine, ich weiß ja nicht, was ihr so vorhabt und so, aber ich habe da einen wahren Traum, einen Palast auf Rädern, wenn ihr so wollt. Der fahrbare Taj Mahal. Ach, was sag ich, Graceland. Gott schütze ihn.» Er stellte sein Glas auf das Dach. «Kommt mit», sagte er, «was soll ich reden, wenn ich was zu zeigen habe.»

Sie folgten ihm in die Scheune, ihre Augen mussten sich an die Dunkelheit gewöhnen, nur in der rechten Ecke über der Werkbank hing eine Glühlampe, und allmählich, man könnte es fast magisch nennen, tauchte aus dem Schwarz vor ihnen etwas auf, was riesig war und dunkelblau.

Henning trat ein paar Schritte näher heran, streckte seine Hand aus und befühlte das lackierte Blech. «Was ist das?»

Jon sah noch immer nicht mehr als einen Umriss, der seine Erwartungen sprengte, hatte er doch allenfalls mit einem rostigen VW-Bus gerechnet. In diesem Gefährt aber hätte eine ganze Fußballmannschaft Platz gefunden, inklusive Ersatzspieler und Co-Trainer.

Mit dem typischen Geknister sprang an der Decke eine Neonleuchte an, das Licht war scharf und knallte ihnen diesen monströsen Bus förmlich vor die Augen.

«Das ist ein Mercedes O 302, in Tukanblau gehalten, 240 PS, keine 10 000 runter, Baujahr 1974. Die letzten zwanzig Jahre ist er von meinem Nachbarn jeden Sonntag gewaschen und poliert und die Allee einmal rauf- und runtergefahren worden. Er hat alles in dieses Auto gesteckt, zwanzig Jahre lang hat er gesagt: Nächstes Jahr, Hermann, nächstes Jahr fahr ich mit meinem Bus nach Sibirien, und dann ist mir das alles hier schnurzpiepe. Keine Ahnung, warum er unbedingt nach Sibirien wollte, er hatte wohl gehört, da gebe es die schönsten Frauen und den besten Schnaps, oder wie. Was weiß ich. Anfang des Jahres ist er gestorben, als er gerade dabei war, den Rückspiegel zu putzen.»

«Er ist in dem Bus gestorben?» Martha bekam, nur an ihrem linken Arm, eine Gänsehaut. Ihre rechte Seite würde wohl bald gänzlich taub sein.

«Na ja, das wollte er ja auch, nur eben ursprünglich woanders als hier. Aber ganz friedlich, ne, sauberer Infarkt. Muss schnell gegangen sein.»

«Na, das ist ja die Hauptsache.» Martha wandte sich zum Gehen.

«Der gesamte Innenraum ist mit 40 Millimeter PE Isolierung abgedichtet, im Winter warm, im Sommer kühl. Die Sitze sind mit rotem Samt bezogen, es gibt ein 5-kW-Stromaggregat, einen 150-Liter-Frischwassertank, einen

Gasaußenanschluss, vier Schlafplätze, einen Backofen, Vier-Platten-Herd, verschiebbares Waschbecken, Espressomaschine, Vorhänge mit Bordüren für Front- und Heckscheibe –»

«Zeigen», sagte Henning, der in einem nicht gekannten Zustand der Erregung vor der geschlossenen Seitentür stand. «Ich will das alles sehen.»

«Ist offen», rief Hermann, und Henning drückte den Griff, setzte ehrfürchtig einen Fuß in das Innere des Busses und sah sich konfrontiert mit der Erfüllung eines Traums, den er nie geträumt hatte. Alles hier drinnen sah genau so aus, wie er es gemacht hätte, hätte er das jemals vorgehabt. Bis auf die Samtbezüge, die waren vielleicht etwas drüber und die Bordüren natürlich der Oberkitsch. Ansonsten aber bestand die Einrichtung aus dunklem Nussholz, Spüle und Waschbecken aus Keramik, die Kücheneinbauten waren allesamt aus Edelstahl, die Espressomaschine musste in den späten Sechzigern in Italien gebaut worden sein und war geradezu unverschämt dominant. Aber schön, dachte Henning, gottverdammt, ist das schön.

Er legte sich auf das Kingsize-Bett, die Matratze 40 Zentimeter dick, mindestens, traf genau den Punkt zwischen zu weich und zu hart, er wollte nicht einmal blinzeln, und als Jon im Türrahmen auftauchte, sagte er einfach nur: «Wahnsinn, Jon, das ist doch der Wahnsinn.»

«Das ist ein Wohnmobil. Ein ziemlich schickes, gigantisches, vielleicht, im Rahmen der Möglichkeiten, sogar cool. Aber es ist und bleibt ein Wohnmobil.»

«Komm mal her. Leg dich zu mir, leg dich einfach mal hin und genieß das.»

Jon kam in den Bus hinein, aber nicht weit. «Also, wow, also die Espressomaschine nehm ich. Hermann?! Hermann, was kostet nur die Espressomaschine?»

«Nichts.»

«Nichts?»

«Die Maschine bleibt im Bus. Die ist wahrscheinlich genauso viel wert wie der ganze Rest.»

«Ja!» Henning sprang von dem Bett auf. «Genau, Hermann, lass uns über Geld reden.»

«Henning, bitte.» Martha war auf den Fahrersitz geklettert und sah streng nach hinten, von wo Henning nur noch strenger zurückblickte und nichts mehr zu sagen brauchte. «Entschuldigung», sie atmete genervt aus, wie ein Mensch nur genervt ausatmen konnte. «Hönning, ich will hier weg, bitte.»

«Was kostet das Teil?», rief er aus dem Bus heraus. «Ich will jetzt wissen, was das kostet!»

«Zwölf. Weil ihr es seid», sagte Hermann. «Das macht für jeden drei.»

«Jetzt sag nicht, wir sehen so aus, als würden wir uns zusammen ein Wohnmobil kaufen.» Betty wagte einen ersten, vorsichtigen Blick hinein.

«Keine Ahnung, ehrlich, ich habe keine Ahnung, wie ihr ausseht. Oder wie ihr sonst ausseht.»

Wie oft sie wohl noch schweigend diese Strecke fahren würden, fragte sich Henning und ob es irgendetwas zu bedeuten hatte, dass sie jetzt alle vier auf der Rückbank saßen, auch wenn sitzen eigentlich nicht der angemessene Ausdruck war. Er hätte gern seinen Hintern aus dem Fenster gehängt, das wäre bequemer gewesen. Vorn lehnten ganz entspannt Gerl und Hermann, der vorgeschlagen hatte, sie nach Hause zu bringen, und dafür jetzt von Gerl eine Käseschnitte angeboten bekam. Er sagte, denkt darüber nach, lasst es euch durch den Kopf gehen, er sagte, ein, zwei Tage werde er noch brauchen, sprach von Feilen, von Rausputzen, von einem letzten Schliff und einem vollen Tank. Obendrauf ein Kilo Espressobohnen, dunkel geröstet und aus San Francisco, das wäre das absolute Ultimo in Sachen Kaffee, meinte er und setzte sie vor Gerls Haus ab.

«Möchte jemand ein Bier?»

«Ja.»

«Ja.»

«Ja.»

«Unbedingt.»

Gerl ging in den Keller, um fünf Flaschen zu holen. «Ich habe auch noch Kuchen», rief sie. «Sanddorn, selbstgemacht, von den Leuten aus der Reha nebenan.»

Das war das Letzte, was Jon jetzt noch fehlte. Die wohl schlimmste Macke dieser Region. *Außerordentlich reich an Vitamin C* war eine alberne Entschuldigung für dieses widerspenstige Gewächs, das auf eine perfide Art rau, sauer und absolut abstoßend schmeckte. Es gab Sanddorn in Marmelade, Schokolade, Gummis, Tee, Saft, Torten, Schnaps und wahrscheinlich auch in Wurst.

«Nein danke!», rief er und Betty: «Ja, gerne!»

Gerl stellte Kuchen und Bier auf dem Tisch ab, während Jon am Fenster stand und auf das jetzt deutlich erkennbare Loch im Garten blickte.

«Ich dachte, du hast eine Sterbeversicherung, Gerl.»

«Ich glaube, wir müssen uns mal unter vier Augen unterhalten.»

«Was gräbst du da draußen?»

«Wonach sieht es denn aus?»

«Eben.»

Sie standen alle am Fenster und sahen in den Garten.

«Quatsch. Ein Pool wird das.»

«Was brauchst du einen Pool, wenn du auf der anderen Seite vom Haus das Meer hast.»

«Was du so Meer nennst. Erstens ist das die Ostsee, und zweitens wird das ein Jacuzzi.»

«Ein Jacuzzi?» Jons Stimme verlor an Bässen.

«Ein Whirlpool. Mit Düsen und Blubber – alles dabei.»

«Ich weiß, was ein Jacuzzi ist.»

«Warum fragst du dann?»

«Ich glaub, ich brauch jetzt erst mal ein Bier.»

Betty biss in ein Stück Sanddornkuchen und sagte tatsächlich: «Oh, erfrischend.»

«Na, dann: prost.» Jon starrte immer noch düster in den Garten hinaus.

«Ist alles schon da», sagte Gerl. «Die Wanne, die Dusen, rein medizinische Maßnahme, ich glaube, ich bekomme nämlich Rheuma, weißt du.»

«Das glaubst du schon seit dreißig Jahren.»

«Richtig. Zeit, was dagegen zu tun. Habe ich außerdem alles gebraucht von der Reha bekommen, gab es bei dreißig gekauften Blechen Sanddorn einfach obendrauf.»

Betty kaute immer noch an ihrem ersten Bissen. «Sollen wir Ihnen nicht helfen beim Buddeln?», fragte sie trocken, es staubte aus ihrem Mund.

«Na, endlich fragt mal jemand.»

Neben der Grube stand ein Kasten Bier, auf den hölzernen Gartentisch hatte Gerl eine weiße, gemangelte Tischdecke gelegt und darauf einen ganzen geräucherten Butterfisch mit selbstgemachtem Sahnemeerrettich. «Genießt es», hatte sie gesagt, Jon noch einen Kuss auf die Stirn gegeben, dabei geflüstert, dass sie dringend mit ihm rede wolle, allein und in Ruhe, wenn es passe, später vielleicht, und dann war sie winkend, «Ich leg mich dann mal hin», ins Haus verschwunden.

Die vier standen sich in der Grube gegenüber, die von innen betrachtet einiges an Größe verloren hatte. Das Loch war regelrecht winzig. Sie einigten sich drauf, dass jeweils zwei gruben und zwei dabei zusahen.

Henning und Betty stießen zuerst ihre Schaufeln in die harte Erde, zwischen sich gerade ausreichend Platz, um Gedanken nachzuhängen. Stumpfe, körperliche Arbeit führte immer noch zu den klarsten Ideen. Drecksarbeit war, wenn man so wollte, reinigend.

Oben am Rand stand Martha, öffnete ein Bier, zündete sich eine Zigarette an, und Jon beobachtete sie von der Seite. Es dauerte lange, bis er begriff, dass an diesem altbekannten Bild etwas nicht stimmte, dass es das Bild aus einer anderen Zeit war, dass es dazwischen das Bild einer anderen Martha gegeben hatte, die weder rauchte noch trank, obwohl er sich daran nicht hatte gewöhnen können. Wenn ihm das Bild jener Martha die ganze Zeit falsch vorgekommen war, weil es einfach nicht passte, so wusste er doch, dass auch jetzt und hier etwas nicht stimmte, dass etwas verlorengegangen war, wenn man das so sagen konnte. Er war nicht gut in solchen Dingen, ihm fehlten immer die Worte, ihm fehlten die Worte schließlich sogar für seine eigene Geschichte, und so ging er zu ihr, schweigend, nahm sie in den Arm, so fest und so lange, dass Martha das Gefühl bekam, Jon würde sie zusammenhalten.

Henning sah zu ihnen hinauf, trat die Schaufel tiefer in die Erde und dachte wieder an den Bus, den außer ihm niemand haben wollte, den alle für eine echte Schnapsidee hielten, obwohl er heute Morgen mehr als nüchtern gewesen war, ja geradezu ernüchtert. Einen Akt der Verzweiflung hatte Betty das genannt, und Henning fragte sich, ob eigentlich außer ihm alle hierbleiben wollten, ob sie sich jetzt hier festsetzten und wie das überhaupt alles weitergehen sollte.

«Hast du eigentlich einen Hoax dabei?», wollte Betty plötzlich wissen.

Henning schaufelte verbissen ein Kilo Erde aus der Grube.

«Ich würde es gern lesen», sagte sie. «Jetzt, wo es endlich fertig ist.»

«Ach», sagte Henning, «lass doch.»

«Was ist los mit dir?»

Sie standen Rücken an Rücken, und Henning stellte fest, wie angenehm es sein konnte, auf diese Weise mit jemandem zu reden; er fühlte sich beschützt hinter diesem Rücken und mit der Grube drum herum, ein Kommunikationsloch im allerbesten Sinn, eine Redehöhle. Sollte er jemals einen Garten haben, würde er sich auch so ein Loch graben.

«Hoax ist nicht besonders gelungen, wahrscheinlich sogar der letzte Dreck. Ich meine», er schaufelte tiefer, «ich hab damit vor zehn Jahren angefangen, alles hat sich verändert seitdem, die Welt und so, ich selbst. Nur Hoax nicht, der ist einfach so geblieben, einsamer Computerheld, der meint, die Welt retten zu müssen, so Neunziger eben. Außerdem gab es die Idee wohl schon vor fünfzehn Jahren, hab ich nur wieder nicht mitbekommen. Verstehst du, ich liefere da eine schlechte Kopie von so einem Quasiklassiker ab. Wie peinlich ist das denn. Nicht mal der Verlag hat was gesagt; dachten wahrscheinlich, das hätten mittlerweile alle vergessen, oder was.»

«Du meinst jetzt aber nicht das Ding, wo so ein Kerl in die Server einsteigt, oder?»

«Gott.»

«Hättest ja nicht die ganze Zeit so ein Geheimnis darum machen müssen.»

«Würdest du mich auf der Stelle erschlagen, bitte.»

Betty holte mit der Schaufel aus und konnte sich das nicht erklären, aber es klang, als würde man mit gut gefüllten Sektgläsern anstoßen.

Martha hatte am wenigsten arbeiten und am meisten essen müssen, vor ihnen lag nur noch das Gerippe des Butterfischs, die Grube maß dreieinhalb auf vier Meter, sie hatten es überprüft, bevor sie die Schaufeln ins Gras gestoßen und Fisch und Bier in das Loch hinuntergeholt hatten. Ihre Münder waren mit Meerrettich verschmiert, und Betty konnte nicht mehr aufhören zu lachen, seit Jon die ganze Geschichte erzählt hatte.

Es hatte mit einem leisen Kichern begonnen, an der Stelle, als Jon berichtete, er habe das Drehbuch umgeschrieben. Es war stärker geworden, als sie hörte, er habe insgesamt acht Strickjacken wegen Kratzigkeit abgelehnt, und gar nicht mehr halten konnte sie sich, als er bei dem Wunsch nach einer anderen Pfeife ankam, die bitte besser zöge.

Betty lag ausgestreckt auf dem Erdboden und sagte etwas, was sich anhörte wie «Tut mir leid» oder auch «Du Trottel». Und obwohl Martha das nicht wollte, obwohl sie dachte, ihr könne nichts passieren, sie sei absolut sicher in ihrer kleinen Kapsel, obwohl sie weder wollte noch konnte, riss es sie um, wie es sie immer umriss, wenn Betty lachte, wenn sie auf dem Boden lag und kaum noch Luft bekam, wenn sie diese merkwürdigen Laute von sich gab, die klangen wie das Entlüften einer alten Gasheizung. Ob man will oder nicht, ganz besonders dann, wenn man nicht will, springt so ein Lachen auf einen über, es fällt einen an und saugt sich fest.

Betty begann sich selbst zu fragen, ob dieser Anfall, als solcher konnte das ohne Bedenken durchgehen, eine Nebenwirkung von einer verblassenden Überdosis Antidepressiva war oder eine Entzugserscheinung, falls ja, hatte man ihr ungemein hartes Zeug verschrieben.

Jon und Henning tranken Bier und sahen auf diese fremden Wesen hinab, die dort in der Grube lagen und die sie nie verstehen würden, zumindest hielten sie das in diesem Moment für unwahrscheinlich, sie dachten, es sei langsam an der Zeit, den Versuch aufzugeben, dann hätten sie mehr Kraft für anderes, und auffallen würde es wohl kaum.

Als Betty schließlich die Luft ausging und sie langsam in der Lage war, wieder aufrecht zu sitzen, begann sie ihre eigene Geschichte zu erzählen, obwohl sie sich kaum vorstellen konnte, dass es Menschen gab, die das dazugehörige Video noch nicht auf *youtube* gesehen hatten. Betty erzählte die Geschichte gewissermaßen zum Ausgleich, sie war so ein Austeilen-Einstecken-Typ, auch wenn sie für gewöhnlich mehr austeilte, aber das war nicht ihre Schuld, es kam einfach zu selten etwas zurück.

Am Anfang spürte Jon nichts als Dankbarkeit, dass er Betty nie an einem Filmset begegnet war; diese Frau hätte er wahrscheinlich wirklich nicht überlebt. Je länger er aber versuchte, sich die Szene vorzustellen, desto aberwitziger wurde sie, und so begann es auch bei ihm mit einem leisen, noch höflichen Kichern, das sich steigerte, immer weiter, bis er sich schließlich auf die Schenkel schlug, obwohl er schon seit Jahren versuchte, sich das abzugewöhnen, weil er es so bieder fand. Sich beim Lachen auf die Schenkel zu schlagen war ungefähr, als würde man beim Tanzen Luftgitarre spielen oder beim Singen die Augen schließen, zweifellos der Klassiker unter den pathetischen Gesten. Zudem lachte er so laut, dass spätestens jetzt das ganze Dorf wusste, wer zu Besuch war.

Ganz anders Henning: Alles deutete darauf hin, dass er lachte, sein Mund war verzogen, sein Oberkörper bewegte sich vor und zurück, doch außer einem kehligen Knattern von Zeit zu Zeit war nichts zu hören. Henning war wirklich zu spät geboren, er wäre, da war sich Martha sicher, ein Star gewesen in der Stummfilmära.

Ihr Gesicht lag auf ihrer rechten Hand neben dem Kissen, mit der anderen umfasste sie seinen Arm. Sie hatte sich seit Stunden nicht bewegt, obwohl sie normalerweise auf der anderen Seite des Bettes aufwachte, egal wie schmal es war. Martha hielt es für einen Trugschluss, dass Paare selbstverständlich in einem Bett übernachten sollten. Erst wird man aus dem Bett der Eltern vertrieben und soll unter allen Umständen lernen, allein zu schlafen, nur um sich dann, nach zwanzig Jahren Alleinschlafens, wieder alles teilen zu müssen. Das ging ihr nicht in den Kopf.

Hennings Hand berührte ihren Bauch, er fand keine Ruhe in dieser Nacht neben ihr. In meiner Mitte ist ein Loch, hatte sie gesagt und er sich gefragt, ob das Loch wirklich in Marthas Mitte war oder nicht doch zwischen ihnen. Er versuchte in ihrem Rhythmus zu atmen, kurze, knappe Atemzüge, als schlafe sie gar nicht, aber er hatte schon dreimal nachgefragt und keine Antwort bekommen. Vielleicht könnten sie noch einmal ganz von vorn anfangen, irgendwie, irgendwo. Vielleicht sollten sie woanders hingehen, San Francisco, Montreal, Tokio. Wo geht man hin, wenn man schon in Berlin lebt? Die Leute, die dort geboren wurden, waren wirklich arme Schweine. Er sollte diesen Bus kaufen, er sollte es einfach tun.

Vielleicht sollte sie ihn heiraten. Vielleicht war das jetzt die richtige Zeit. Vielleicht müsste sie sich nur konsequent für etwas entscheiden, anstatt immer nur halbwegs dagegen. Sie würde endlich eine Markierung setzen in ihrem Leben, damit es sich unterteilen ließe in davor und danach, damit es endlich ein Datum gäbe, das zu erinnern es wert wäre, eine Grenze überschreiten, in einen nächsten Abschnitt wechseln, der mehr wäre als eine ausgefranste Phase. Für einen Moment sah sie sich in Weiß, Henning mit Blume im Knopfloch, das Holz der Bankreihen, eine Orgel im Rücken, zu deren Musik sie den Mittelgang entlangschreiten würde, doch dann löste sich dieses Bild auf, Henning nicht einmal getauft, sie aus der Kirche ausgetreten mit dem ersten Gehalt. Vielleicht Standesamt, dachte sie, vielleicht Las Vegas, vielleicht doch keine gute Idee.

«Henning», sagte sie leise, und er antwortete sofort, klar und wach: «Ja?»

«Das tut mir leid, das mit Hoax. Ich mochte ihn.»

«Und ich war wohl ein Idiot. Ich habe wirklich gedacht, das würde mein, unser Leben verändern. Ich hatte gehofft, ich werde ein Großer.»

«Der Größte?»

«Nein. Wer will schon der Größte sein. Nur einer von den Großen eben. Einer, der mitspielt, der dabei ist, dazugehört. Einer, von dem man den Namen kennt, aber nicht das Gesicht und nicht umgekehrt. Ich weiß nicht, ich hatte irgendwie gehofft, er würde ein paar Jungs glücklich machen. Das klingt jetzt komisch, aber ich hatte wohl gehofft, Hoax würde geliebt werden. So richtig geliebt, mit auf Klo lesen und heimlich unter der Bettdecke und so. Ich liebe ihn schließlich auch.»

«Weiß er das?»

«Dass ich ihn liebe? Ja, das weiß er.»

«Das ist doch das Wichtigste.»

«Nein», sagte Henning. «Das ist es leider nicht.»

Da war eindeutig etwas Lebendiges an seinem Kopf, ein Kitzeln. Jon schlug mehrmals mit der Hand danach, schlug sich selbst aus dem Schlaf und blickte in Gerls große Augen.

«Na», sagte sie, und er sagte nichts.

«Wir wollten doch reden.»

«Es ist mitten in der Nacht.»

«Du übertreibst.»

Jon kratzte sich den Kopf, es kitzelte immer noch, eine von diesen Sinneswahrnehmungen, die einen langen Abgang für sich beanspruchten.

«Komm», sagte sie, «gehen wir auf den Balkon.»

Nachdem sie den gesamten Nachmittag verschlafen hatte, war sie nun, um halb drei, hellwach. «Ich habe uns einen Wein aufgemacht.»

Er setzte sich aufrecht hin, die Füße auf dem Boden, und wartete, dass sein Kreislauf nachkäme. Die Decke nahm er mit nach oben, hüllte sich ein in die Bettwärme. Gerl schenkte ihnen ein, erhob ihr Glas und nippte daran.

«Kann es sein, dass deine Freunde keine Eier haben?», fragte sie.

«Was bitte?»

«Ich habe gefragt, ob es sein kann, dass –?»

«Was ist denn das für ’ne Frage? Deswegen zerrst du mich hier hoch?»

«War ja nur so ein Gefühl.»

«Keine Ahnung. Ganz ehrlich, darüber habe ich noch nie nachgedacht. Ob meine Freunde keine Eier haben. Möglich.»

»Aber das mit der Grube, das haben sie gut gemacht.»

«Herzlichen Dank. Ich werde es ausrichten.»

«Jon?»

«Ja?»

«Mhm.»

«Ja?»

Sie sah auf das stille, flache Meer hinaus. «Wir waren nie zusammen angeln. Wir hätten wirklich mal zusammen angeln gehen sollen.»

«Du angelst?»

«Aber sicher. Die ganzen letzten Jahre habe ich geangelt. Immer nur Heringe und einmal eine Flunder. Was anderes habe ich nie erwischt. Ich bin wohl der größte Trottel gewesen, der je hinten an einer Angel dranhing. Wir hätten wirklich mal angeln gehen sollen.»

«Wir könnten morgen angeln gehen.»

«Ach, ich hab alles verschenkt, hab den ganzen Kram auf die Straße gestellt, und nach einer halben Stunde war alles weg. Seitdem kann ich überhaupt erst entspannt am Meer sein, seitdem ist das Meer keine Aufgabe mehr, nicht verbunden mit irgendeinem Auftrag, was man tun könnte, tun müsste. Das Beste daran: seitdem keine Angler mehr. Ich sag dir eines: Angler schweigen nicht, Angler quatschen die ganze Zeit, übers Angeln, meistens. Da hätte ich im Schützenverein mehr Ruhe.»

«Mhm.»

«Jon?»

»Ja, Gerl?»

«Ach, nichts.»

«Gut.»

Sie saßen nebeneinander und blickten in die Ferne, irgendwo dahinten im Dunkelblau musste der Horizont sein.

«Ist sogar Vollmond», sagte sie.

«Ja, schön.»

«Ja, sehr schön.»

Er griff nach Gerls Hand, die rau war und fest zudrückte.

Sie hatte den Rest für sich behalten, so war es immer, man erzählte die Geschichte und verschwieg deren Folgen. Da hörte es dann auf komisch zu sein, da war es nicht mehr krass, hart oder sonst wie spannend, da wiederholte sich alles bloß und wurde langsam zäh. Ein zu gut durchgebratenes Stück Leben – es ließ sich nicht kauen und auch nur schwer schlucken. Also am besten diskret in die Serviette fallen lassen. Dieser ganze Ort, das Haus, das Meer, alles kam ihr vor wie eine einzige große Serviette. Sie wusste zwar nicht, wer die später abräumen sollte, aber um Fragen dieser Art wollte sie sich nicht mehr kümmern. Betty spuckte einfach aus, es sah sowieso niemand hin.

Nackt stand sie am geöffneten Fenster, Vollmond auch noch, wie kitschig das war, und jetzt erst bemerkte sie das Stück Papier auf dem Schreibtisch, dieses «Tja» darauf, kaum lesbar. Martha verstand wirklich gar nichts von Abschieden. Wahrscheinlich hatte das damit zu tun, dass sie schon in dem Moment, wo sie ging, mit dem Zurückkehren beschäftigt war. Martha ging überhaupt nur weg, um zurückzukommen. Das hatte Betty schon immer beruhigt.

Sie faltete das Papier, bis es in ihre geschlossene Hand passte, und legte sich auf das Bett, hielt sich selbst im Arm. Das musste genügen für den Anfang, für einen Anfang brauchte es nicht viel.

Sie gingen den Strand entlang, die Hände in den Taschen. Auf einem Steg vor der Reha saß eine Gruppe in Jogginganzügen und Bademänteln und blickte in Richtung Dänemark, als wäre es dort besser. Henning sah Martha von der Seite an, die schon die ganze Zeit nur auf den Leuchtturm schaute, auf den sie unbedingt raufwollte, wie sie gesagt hatte. Am liebsten würde sie in einem wohnen, genauso wie sie gern mal eine Nacht lang auf einem Windrad sitzen würde, und ihre Schritte wurden immer schneller, während Henning langsam zurückfiel, weil er den Strand nach Bernstein absuchte, auch wenn er nichts anfangen konnte damit, nur finden würde er gern welchen, weil das Finden zum Besten im Leben gehört.

Vor ihm blieb Martha plötzlich stehen, drehte sich um, und beide blickten auf dieselbe Stelle am Boden, wo ein einzelner kleiner Schuh im Sand lag. Sie standen stumm davor und bückten sich gleichzeitig danach.

Warum am Strand immer Schuhe lagen, fragte sie leise. Henning meinte, dass all diese Schuhe wieder ins Meer hinaustrieben, wo sie zu Fischen würden, und manchmal käme es vor, dass sich zwei solcher Fische begegneten, einander erkannten und gemeinsam einen neuen Schuh zeugten. Deswegen, sagte er, ist das Meer voller Schuhe.

Er nahm Anlauf und warf den Schuh weit hinaus zum Horizont, und Martha wusste nicht, wann sie das letzte Mal Wasser in Hennings Augen gesehen hatte.

«So ein Quatsch», meinte Jon, als sie später zusammen am Strand saßen, in ihrer Mitte ein Feuer, hinter ihnen eine fast leere Flasche Kirsch und über ihnen die Nacht. «Kompletter Unsinn. Wisst ihr, was sie gesagt hat, als ich sie gefragt habe, warum sie sich dieses Ding nicht, wennschon, wie andere Leute in den Garten stellt. Ich meine, wer baut das denn tief in die Erde, so ein Teil stellt man, wennschon, auf die Terrasse, und gut ist, auf jeden Fall sagt sie da: Weil ich dann nicht ins Gras beißen kann, Jon. Das sagt sie so, als hätte ich mir das bitte schön auch selber denken können. Ich meine, mal im Ernst, wollt ihr in einem Jacuzzi sterben? Das ist doch eklig.»

«Geht so», sagte Betty. «Da bist du wenigstens schon gewaschen.»

«Du bist auch wirklich morbide», meinte Jon.

«Jetzt komm du mir nicht mit morbide.»

Natürlich hatte Jon recht, er konnte gar nicht ahnen, wie recht er hatte, aber Betty fand, er müsse das nicht wissen.

«Ich bin wenigstens dafür bezahlt worden. Auch wenn ich das nicht gern sage, aber es war mein Job, morbide zu sein.»

«Na, den bist du ja jetzt ein für alle Mal los.»

«Und du deinen. Prost, Betty!» Jon schenkte ihr nach.

«Alkohol gehört ja», sagte Betty, «zur Klasse der kantenabschleifenden Drogen.»

«Was immer das heißt.»

«Das heißt, er macht rund», fiel Henning dazu ein, der mit dem Zeigefinger einen Bus in den Sand zeichnete.

«Und weich und glatt», sagte Betty.

«Das heißt», Martha setzte sich aufrecht hin, «er macht dich so rund und glatt, dass du am Leben nicht mehr hängen bleibst, dass auch an dir nichts mehr hängen bleibt, du kullerst nur noch so rum.»

Jon gefiel diese Vorstellung außerordentlich gut, wie er zugab.

«Also eine glatte, weiche Kugel, die so durchs Leben rollt», fasste Henning zusammen.

«Oder gerollt wird. Oder versenkt.»

«Du bist immer so negativ, Betty.»

«Was bin ich denn noch alles? Morbide, negativ –»

«Okay, okay, war nicht so gemeint.» Dabei sah er Betty mit einem Blick an, von dem sie sicher war, dass er bei Mädchen immer noch funktionierte. Sie drehte den Kopf sicherheitshalber wieder in Richtung Ostsee.

«Ich will ja nicht nerven», sagte Henning. «Aber wollen wir nicht woanders hinrollen?»

«Nicht schon wieder.» Jon ließ sich nach hinten fallen.

«Das mit dem Wohnmobil ist Quatsch», meinte Betty. «Damit findest du doch in Kreuzberg nie einen Parkplatz.»

«Ich kauf doch nicht ein Wohnmobil, um es dann in Kreuzberg zu parken, das ist ja nun wirklich gegen den Sinn.»

«Wo willst du es dann parken?»

«Ein Wohnmobil parkt man nicht, damit fährt man.»

Betty hatte ihr halbes Leben in parkenden Wohnmobilen verbracht; sie hatte dort Regiebesprechungen gehabt, mit Schauspielern Dialoge geprobt, den Espresso nach der Mittagspause getrunken, sie hatte ganze Nächte in parkenden Wohnmobilen verbracht, weil sie nach Drehschluss noch zusammensaßen, etwas zu viel tranken, entschieden zu viel rauchten – irgendjemand hatte immer etwas dabei, und irgendwann lohnte es einfach nicht mehr, nach Hause zu gehen. So waren sie dann morgens die Ersten am Set, mit Augenringen und Rückenschmerzen, mit Lachmuskelkater und einem Gefühl, das entfernt an Freundschaft denken ließ. Eigentlich, dachte Betty, hatte sie parkende Wohnmobile immer geliebt.

«Und wohin?», fragte Martha, die eines noch immer nicht von Henning wusste: Wo er hinfahren würde, wenn er wegwollte.

«Sibirien!», rief Jon. «Das hat mich überzeugt, was der Mann erzählt hat.»

«Sibirien», sagte Betty nur und blickte weiter die Ostsee an.

«Warum denn nicht, da waren wir alle noch nie.»

«Und du meinst, das spricht dafür. Könnte ja auch sein, dass wir da alle noch nie waren, weil wir da alle noch nie hinwollten.»

Es würde nicht mehr lange dauern, und sie würde Jon bis zu den Haarspitzen in den Sand eingraben.

Henning spürte, dass Martha ihn beobachtete, dass sie auf eine Antwort wartete, doch ihm war es egal wohin, er wollte nur endlich einmal mit ihr zusammen abhauen, wollte wissen, was das für ein Gefühl war, wenn man so wie sie sagte: «Flucht ist immer eine Option.» Er wollte endlich wissen, ob sie vor ihm weglief oder vor sich selbst, im Grunde genommen, dachte Henning, wollte er nicht, dass sie ging, also war es das Einfachste mitzukommen oder, besser gesagt, ihr ein neues Fluchtauto zu besorgen und sich gleich selbst hinters Steuer zu klemmen. Dann wäre er immer schon da, wenn es losginge.

«Ist außerdem viel zu teuer», wandte ausgerechnet Martha jetzt ein.

«Glaub ich nicht», sagte Jon. «Sibirien kann nicht teuer sein.»

«Das Wohnmobil, meine ich.»

«Weiß ich doch.»

«Das ist geschenkt», sagte Henning. «Eigentlich geschenkt. Allein die Ausstattung ist das Doppelte wert.»

«Ich wollte in meinem ganzen Leben noch kein Auto wegen der Ausstattung kaufen.» Bettys Augenbrauen wurden zu dicken Streifen, Balken nahezu, auch ihr Mund war lang und gerade; das war Henning zuvor nie aufgefallen, dass Bettys Gesicht diese Neigung zum Balken hatte. «Also wenn man sich ein Auto wegen der Ausstattung kauft, kann man echt nicht mehr viel wollen im Leben.»

«Aber», Jon sprach im Liegen, mit erhobenem Zeigefinger, «ein Wohnmobil ist in erster Linie ein Haus und erst dann ein Auto, das sagt ja bereits der Name. Und noch eins sag ich: Wenn ihr alle das Ding wollt, dann kaufen wir das.»

«Von deiner Ausfallgage, oder wie?»

«Meine Mutter», sagte Jon nur.

«Nicht im Ernst.» Betty hatte sich so lange reiche Eltern gewünscht, dass sie es kaum noch ertragen konnte, wenn andere welche hatten. «Du willst nicht im Ernst deine Mutter fragen, ob sie dir und deinen Kumpels Geld für ein lausiges Wohnmobil gibt?»

«Doch», sagte er. «Genau das würde ich tun ... für uns.»

Betty stellte sich vor Jon auf und zog ihn aus dem Sand. «Ich glaube, wir gehen baden. Wir gehen jetzt auf der Stelle in das Meer da.»

«Um Gottes willen, nicht ins Meer, das ist saukalt, das ahnst du gar nicht!»

«Wir gehen da jetzt rein.»

«Aber dann werden wir doch alle wieder nüchtern.»

Betty zog ihre Schuhe aus, die Socken, sie zog die Hose aus, hielt ihm die Hand hin. Jon sah sie kurz an, dann zum Meer und sprang auf, rannte an ihr vorbei, warf im Laufen alles von sich und hüpfte schreiend ins Wasser, das im selben Moment ein paar Wellen hergab, die Bettys nackte Füße sanft umspielten. Hinter sich sah Jon noch mehr Klamotten fliegen, er hörte ein leises Fluchen, ein etwas lauteres Lachen, und dann sah er drei nackte Körper, die sich auf ihn stürzten.

Aus einem bemalten Tongefäß trank er den besten Gin seines Lebens. Er saß auf einem großen glatten Stein, den rechten Fuß in einem reißenden Fluss, das Licht war schwergrün bis dunkelgelb. In der einen Hand hielt er das Getränk, in der anderen die Pfeife. So saß er dort, in einem braunen Anzug, und sah sich von hinten, dicker, als er sich in Erinnerung hatte, aber wann sah man sich schon von hinten. Vor ihm schwebten Wesen über das Wasser, die weiblicher als weiblich waren, und sie sangen seinen Namen in einer Sprache, die er nicht kannte, aber seinen Namen, eindeutig, so viel verstand er.

Es wuchsen ihm Pfeifen aus den Ohren, sein Kopf

rauchte, und eines dieser Wesen küsste voller Leidenschaft seinen Fuß. Auf der anderen Seite des Ufers stand ein Mercedes O 302 in Tukanblau, davor drei Freunde in gewebten Kleidern; einer sengte einen Hahn ab, die anderen beiden kneteten Spätzleteig mit bloßen Händen. Ob das hier die Tundra ist, dachte Jon und rauchte still vor sich hin.

Eine Zigarette am Meer, nicht leicht zu rauchen, mit dem Kopf unter dem Arm, und doch hatte dieser Kopf nach einer Zigarette verlangt. Der Kopf hatte gesagt, wenn er schon von hier aus die Spitze Nordafrikas sehen könne, dann wolle er dabei bitte auch eine rauchen. Betty hatte sich an den Strand gesetzt, den Kopf neben sich abgestellt, der Hals war noch dran, sie konnte ihn mühelos in den Sand drücken und ihm die Zigarette zwischen die Lippen stecken. Dem Kopf gefiel das, er sprach von atemberaubender Schönheit, nuschelte stark und paffte.

Betty ging in den Ozean, schwamm ein paar Züge, wie leicht es wäre, nach Afrika rüberzuschwimmen, wenn man den Kopf nicht dabeihatte, man unterschätzte ja ständig das Gewicht von Köpfen. Sie ließ ihren Körper in die Tiefe gleiten, sehr tief hinab, auch das war viel einfacher, wenn hier nichts atmen musste; ihr Herz schlug kaum noch.

Der Kopf stand am Strand, hörte neben sich die Klänge eines Saxophons und versuchte zur Seite zu blicken. Im Augenwinkel ein Wohnmobil, davor Martha und Henning, sich gegenübersitzend an einem Backgammonbrett, und auf dem Autodach Jon, der dastand und spielte; er trug nichts außer einem Saxophon, und das spürte auch

Betty, als sie auftauchte, dass da einer stand und nackt den rosaroten Panther spielte.

Ihre rechte Hand lag lässig auf dem riesigen Lenkrad, sie trug eine Sonnenbrille, ein Hemd mit aufgekrempelten Ärmeln und eine Basecap. Die Straße vor ihr war breit und einsam, sie hatte das Fenster heruntergekurbelt und ließ ihren Arm heraushängen. Auf der linken Seite Berge, auf der anderen Farbplantagen, zumindest hätte Martha nicht sagen können, was das anderes sein sollte. Es waren nie gesehene Farben, so kräftig, dass es hinter den Augen zuckte.

Vor ihr tauchten unbekannte Städte auf und verschwanden wieder. Sie hatte nicht die geringste Ahnung, wo sie war, fuhr nur immer weiter. Mit ihrem Körper legte sie sich in die Kurve, noch nie war sie ein so gigantisches Auto gefahren, im Seitenspiegel konnte sie dessen Ende nicht sehen, es hörte gar nicht mehr auf, eine Riesenschlange in Tukanblau, die weit hinten verdampfte in der Hitze des Asphalts.

Sie hörte leise Stimmen, ein Kichern, das ihr bekannt vorkam, und blickte sich um, in den leeren Raum, wo die Espressomaschine im Licht der Sonne glänzte. Dann sah sie wieder nach vorn und entdeckte Betty und Jon, die auf dem Armaturenbrett saßen und Kaffee tranken. Martha konnte ihre kleinen Körper nur von hinten sehen, erkannte aber trotzdem, dass Jon sich auf die Schenkel schlug. Im selben Moment spürte sie etwas Weiches auf ihrem Kopf, ein leichtes, gleichmäßiges Kraulen ihrer Haare. Sie blickte in den Rückspiegel und lächelte Henning an, der da oben saß, kaum größer als ihre eigene Hand.

Und er saß an einem flachen See, der nirgendwo aufhörte, hielt eine Stockangel ins Wasser und wendete mit der anderen Hand die ersten Fische auf dem Grill, die gefüllt waren mit Tomaten und Thymian. Das Licht wirkte heller, als er es je gesehen hatte; Henning kniff die Augen zusammen, es war weiß hinter den geschlossenen Lidern. Als er sie wieder öffnete, sah er Unmengen von Kindern über den See springen, die alle aussahen wie Martha, bis auf eines, das sah aus wie Betty. Henning hörte die Klänge eines schlecht gespielten Saxophons, entdeckte Jon, der schwerelos auf der Wasseroberfläche stand und spielte, aus seinen Ohren wuchsen Pfeifen, und vor ihm lag Betty, aber ohne Kopf, den hatte sie neben sich gestellt. Er kniff wieder die Augen zusammen, spürte ein Reißen an der Leine, ihm war, als wolle da jemand aus dem Wasser, und er zog an der Angel, zog und zog, ein Riesending, unvorstellbar schwer, aber nicht der geringste Widerstand, und dann sah er etwas Tukanblaues aus dem Wasser auftauchen, sah Scheinwerfer, Kühler, sah Martha am Steuer sitzen, in seinem Hemd, das, wie ihm erst jetzt schamvoll auffiel, er nicht trug, obwohl er niemals ohne Hemd hinausging. Sie saß da in dem Bus, lachte und winkte ihm zu.

Die Sonne stand verdächtig hoch, als Jon erwachte, sie stach ihm in die Augen, was in seinem Zustand kein angenehmes Erlebnis war. Er fühlte sich überall zerzaust, griff an seine Ohren, ob ihm da etwas herausgewachsen war, sah nach, ob sonst alles dort war, wo es hingehörte. Sein Körper schien intakt zu sein, und das ist ja schon mal was, dachte er, schließlich kam man in ein Alter, in dem es keine Selbstverständlichkeit mehr war, morgens mit einem voll funktionsfähigen Körper aufzuwachen, erst recht nicht, wenn man sich an die Nacht zuvor nur noch bruchstückhaft erinnerte. Ob die anderen auch so betrunken gewesen waren, fragte er sich, eine klassische erste Frage nach dem Aufwachen: Habe ich mich blamiert, oder ist das egal.

Eine erste Antwort kam von unten; aus der Küche vernahm er Stimmen und Bettys Lachen. Es war schön, sie alle dort unten zu hören, die Geräusche, das Kochen von Kaffee, das Öffnen eines Fensters, Wegräumen der Flaschen, das Butter-aus-dem-Kühlschrank-Holen, das Marmeladengläser-Aufdrehen, das Brötchentüten-Rascheln, das Gähnen. Jon weigerte sich, an Geborgenheit zu denken, aber wohlig, das ließ er gelten. Mit weichen Beinen, die Muskeln schliefen noch, taumelte er die Treppe hinunter, lehnte sich in den Türrahmen und sagte: «Ihr ahnt nie, was ich heute Nacht geträumt habe.» Er irrte.

Betty fand das mit den Pfeifen hübsch, so direkt, fast schon billig, sagte sie, und es gelang ihnen nicht, sich zu einigen, wer von ihnen den Zuschlag bekommen sollte für den billigsten aller Träume. Es tat ihnen gut, so lange wie möglich herumzustehen und zu reden über Dinge, die mit dem Eigentlichen nichts zu tun hatten, auch wenn sie das nervöser werden ließ, weil sie nicht wussten, wie sie jetzt noch elegant zum Thema finden würden, jeder wollte, dass es so aussah, als habe nicht er damit angefangen. Wer anfängt, hat die Verantwortung, so war es schon immer, und das machte jeden Anfang schwer. Du wolltest doch diese Wohnung, du hast dir doch ein Kind gewünscht, du wolltest doch hier essen, du hast mich doch zuerst geküsst.

Es war Martha, die es als Erste nicht mehr aushielt, sich auf den Tisch setzte, eine Zigarette anzündete und in die plötzliche Stille hinein sagte: «Und nun?»

«Was – und nun?», fragte Jon, obwohl er genau wusste, dass solch zurückgespielte Fragen nur selten zu einem Ergebnis führten, einem höchstens einen kurzen Vorteil verschafften, während man noch mit dem Nachdenken über die Antwort beschäftigt war.

Ob es nicht irgendwann mal geheißen habe, man solle seine Träume leben, fragte Martha. Und auch wenn es Jon nicht leichtfiel, verkniff er sich doch alle kopflosen Pfeifen- und Angelwitze und sagte leise, den Blick zu Boden gerichtet: «Sind wir damit nicht gerade alle auf die Schnauze gefallen?»

Betty meinte, in Wahrheit habe sie in ihrem ganzen Leben nie einen großen Traum gehabt, und keiner wusste, ob ihr das jetzt zum ersten Mal klarwurde. Für einen Moment war es sehr still in der Küche, bis Henning sagte, dass sie doch einfach nochmal von vorn anfangen könnten, mit einem kleinen Traum ließe sich gut von vorn beginnen, das wäre sozusagen Aufbauarbeit, sagte er und nahm sich ein Kümmelbrötchen aus der Tüte.

Für Betty war das totaler Unsinn, man könne überhaupt niemals von vorn anfangen, denn schließlich befänden sie sich in der Mitte, mindestens, und sie würde einen Teufel tun, den ganzen Weg wieder zurückzugehen. Sie sah in die Tüte und meinte: «Sind das echt nur Kümmelbrötchen?» Wenn sie etwas nicht ertragen könne, und das könnten sie sich, egal, was passierte, jetzt alle schon mal merken, dann sei das Kümmel.

Von Jon kam der vage Vorschlag, nach Hause zu fahren und sich der Realität zu stellen, was Martha abtat mit der Begründung, dass sie erstens gar kein Auto hätten, mit dem sie nach Hause fahren könnten, und zweitens alles Realität sei, ob Traum oder nicht.

Betty schenkte Kaffee ein, während Jon versuchte klarzustellen, dass er das so nicht gemeint habe, dass er selbst der Letzte sei, der jetzt nach Hause wolle, er habe es ihnen nur anbieten müssen, ihnen die Möglichkeit geben wollen, auf diesen Zug aufzuspringen.

Betty bedankte sich für das Angebot, meinte, was denn das für ein Zug sein solle und dass es ja wohl nur schwerlich möglich sei, auf abgefahrene Züge aufzuspringen, das solle er ihr bitte mal zeigen. Und dann tapste Gerl mit Schlafbrille auf der Stirn in die Küche, schlug fünfzehn Eier in die Pfanne und sagte: «Das wird euch guttun. Stärkung für die große Fahrt.»

Sie hackte Tomaten und Zwiebeln, Hermann sei schon auf dem Weg, er werde das Schmuckstück dann gleich vorbeibringen, habe er gesagt.

«Wieso ist Hermann auf dem Weg?», fragte Jon, dem die beiden zunehmend unheimlicher wurden.

«Na», sagte sie, mit einer Selbstverständlichkeit, mit der nur alte Damen den größten Irrsinn erzählen konnten: «Ich habe euch träumen hören letzte Nacht.»

Jon wollte etwas erwidern, sich wenigstens kurz wehren, doch plötzlich schlug Henning mit der Faust auf den Tisch, was er in seinem ganzen Leben noch nicht getan hatte, rief: «Na, dann los!» Und auch Martha sprang vom Tisch auf, «Genau», sagte sie, als sei sie ein Mädchen, das sich nur auf die Rückbank zu werfen brauchte, wenn es irgendwo hingehen sollte.

Die beiden liefen in ihr Zimmer, und Jon fragte sich, was die eigentlich zu packen hätten.

«Sieht ganz so aus, als ginge es los», sagte Betty und legte dabei eine Hand auf seine Schulter.

Noch während sie das Rührei aßen, das Henning bereits nach dem ersten Bissen zum besten Frühstück seines Lebens erklärt hatte, fuhr draußen ein 240 PS starker Mercedes O 302 vor, der den Klang einer lahmen argentinischen Rinderherde hatte. Henning ließ die Gabel fallen und rannte hinaus, auf Hermann zu, den er kräftig umarmte, weil ihm wirklich danach war, weil er sich tatsächlich freute, ihn zu sehen, und dann wurde Hermann der Reihe nach von allen in den Arm genommen, weil einfach nur die Hand geben jetzt nicht mehr reichte, weil ein einfaches Kopfnicken einer Beleidigung gleichgekommen wäre, weil es hier nicht mehr um Höflichkeit ging, sondern um Rettung, und wenn man es mit einer Rettung zu tun hatte, dann konnte es schon mal mit einem durchgehen.

Hermann trat ein paar Schritte zurück, als suche er Deckung hinter dem Bus. «So», sagte er und öffnete die Tür an der Seite, «dann trinken wir jetzt erst einmal einen richtig guten Espresso.»

«Falsch», meinte Henning. «Es tut mir leid, wirklich. Aber wir müssen los.»

«Sofort, ja?»

«Ja, ich glaube schon.»

«Verstehe», sagte Hermann. «Ihr habt diese Nächstes-Jahr-Panik. Verstehe ich, so was ist 'ne üble Sache. Ja», er hob hilflos die Arme, «ich sag mal: Schlüssel steckt.»

«Danke, Hermann. Und den Espresso, den probieren wir dann in Tampere.»

«Wieso Tampere?», fragte Betty mit purem Entsetzen, «was ist mit Cadiz?»

«Ich dachte Nowosibirsk», meinte Jon. Und: «Los», rief Martha, die sich von allen unbemerkt hinter das Steuer gesetzt hatte.

Nur wenig später sah man einen Bus in Tukanblau die Allee hinunterrasen, am Steuer eine Frau mit Mütze und Sonnenbrille, die ein Herrenhemd trug und in das Blitzgerät winkte. Neben ihr auf dem Beifahrersitz hielten sich drei Menschen, offensichtlich in Ermangelung eines Sicherheitsgurts, aneinander fest, von denen einer aussah wie – aber lassen wir das.

Es war in der zweiten Juniwoche, an einem Freitag.

«Da! Dahinten ist einer!»

«Wo?»

«Dahinten rechts.»

«Wo? Das hier? Da passen wir doch nie rein.»

«Natürlich passen wir da rein.»

«Hab ich doch gesagt, dass wir hier nie einen Parkplatz finden.»

MIX
Papier aus verantwortungsvollen Quellen
FSC® C019821

Das für dieses Buch verwendete FSC®-zertifizierte Papier *Lux Cream* liefert Stora Enso, Finnland.